双星の天剣使い

HEAVENLY SWORD OF TWIN STARS

「それが私、『光美雨』に出来る、
最大の『覚悟』の示し方だと思うんです」

憂国の皇妹殿下

光美雨 コウミウ

都の救援を求めて隻影達

【栄】皇帝の異母妹。
姫として蝶よ花よと育てられてきたが、
戦乱の現実を知り、次第に成長していく。

「瑠璃さん、ここに座ってください」
白星を継ぐもの
張白玲 チョウハクレイ
辺境を守る名門の御令嬢で、
幼いころから文武に才を示した少女。
容姿に優れ、性格も真面目で慈悲深い。
普段は実直だが、
隻影に対してだけは我儘を言って甘える。

神算可憐の軍師
瑠璃 ルリ
仙娘を自称する少女。
明鈴とも知り合いで、
伝説の【天剣】を見つけた。
人並外れた「観察眼」と「軍略」で、
張家軍の反攻を支える。
「――ん～」
こうして見ると、まるで仲の良い姉妹だ。

「良しっ！　お前等、勝つぞっ!!
勝って——俺達の故郷を、『敬陽』を取り戻すっ!!」
不敗の英雄の生まれ変わり
隻影　セキエイ
救国の名将に拾われ、
御令嬢の白玲と共に育てられた青年。
前世の経験と武芸の訓練で
並外れた武力を持つが、
本人は戦場から離れて働く地方文官志望。

「オオオオオオオオオオオオ!!」
兵達は地響きもかくやな咆哮で応じ、
先陣を切った俺達の後へ続く。

狂い咲きをしている白梅の下で、
長く美しい紫髪の若い女性が
笛を吹いていた。

「余りにもこの白梅が綺麗だったので、
笛を吹いていたのですが……」

CONTENTS

Heavenly sword
Of twin stars

双星の天剣使い5

七野りく

ファンタジア文庫

3400

口絵・本文イラスト　ｃｕｒａ

登場人物

隻影
セキエイ
英雄の生まれ変わり

張白玲
チョウハクレイ
名門の御令嬢

王明鈴
オウメイリン
大商人の娘

瑠璃
ルリ
自称仙娘にして軍師

宇オト
ウオト
瑠璃を補佐する宇家の姫

徐勇隼
ジョユウシュン
徐飛鷹の弟。徐家の内政を支える

光美雨
コウミウ
栄帝国皇妹

アダイ
玄の皇帝。怪物

ギセン
黒狼。玄帝国最強の勇士

玄
えんけい
燕京
ななまがりさんみゃく
七曲山脈
たいが
大河
西冬
らんよう
蘭陽
けいよう
敬陽
シリュウ
子柳
玄の勢力範囲
大運河
だいすいさい
大水塞
こざん
虎山
ヨウカク
鷹閣
りんけい
臨京
せいいき
西域
ブトク
武徳
栄
なんいき
南域

序章

「飛鷹様、御無事の帰還、真に目出度く！　前線の様子は如何でしたでしょうか……？」

「国境に迫りつつあった【栄】の討伐軍は『南域』を攻めず、突如北方へ――首府『臨京』へ去ったと、市内では専らの噂。ただ何分、近頃は情報が乏しく」

「中原を荒らし回った後、馬人共とは戦わず逃げ出した、奇妙な宗教を信じる塩賊共が『南域』に侵入を企てていると。民達は酷く不安がっております」

私――徐家当主代理である飛鷹は、南域の中心都市『南師』中央部に位置する屋敷へ入るや、老臣や文官達に取り囲まれた。

陽はとっくに落ち、夜の帳も降りたというのに……皆、我が家の行く末に強い不安を覚えているのだろう。

何しろ現在、我が徐家は強大な栄帝国と敵対関係にある。

今より数ヶ月前、私は老宰相、楊文祥の命により、臨京へと召喚。抗弁する間もなく地下牢に囚われ、激しい拷問を受けた。

その後、愛国者にして知恵者である田祖殿の助けを得て、楊文祥を討ち果たし、南師への帰還こそ果たしたものの、老臣達からすれば私は青二才の坊なのだ。

戦死された父――【鳳翼】徐秀鳳の背中は遠い。

軍装の戦塵を手で払い、出来るだけ重々しく告げる。腰に提げた剣が音を立てた。

「何も問題ない。【栄】の連中は我が軍を恐れ、北へ退いていった。侵入を試みようとしていた塩賊達も討伐済みだ」

「おお！」「流石は秀鳳様を継がれた御方……」「天下が混迷を極める中にあって、我等はなんと幸運なのか」「だからこそ、安寧を求め各地より流民が押し寄せているのだ」

皆がどよめき、安堵の笑みを浮かべた。

顔を顰めそうになるのを、辛うじて耐える。

……私は未だ何も成し遂げていない。

確かに故地へと帰還した後、【栄】からの離反は自分で決めた。

病に臥した母と才ある弟、南部国境を守る祖父母の反対も聞かず押し通した。

だがそれ以降！　今日まで相手にしたのは警備を主目的とした雑軍や賊ばかり。

北へ勢力を伸ばそうにも、深刻な船舶と馬匹不足のせいで兵站問題を解決出来ず。

約一万余の兵を率いながら、父より受け継いだ領土を拡大出来てもいない。

それどころか、軍を動かす度、家の銀子と物資は確実に減っている。

このような実情で、安堵することなぞ――


『将は時に嘘を吐くのも仕事だ。困っていても自信満々に笑え』

『貴方は笑い過ぎです。無理はし過ぎないよう、適度に、です』


無謀極まる西冬侵攻戦を共にした、張隻影殿と張白玲殿の笑みを思い出す。

父や【虎牙】宇常虎様と並ぶ、救国の名将【護国】張泰嵐様が都で処刑された後、あの御二人はどうされたのだろう？　死んでいてほしくはないが……。

「兄上！」「…………」

忘れ難き張家の俊英達に想いを馳せていると、薄赤髪で、緑基調の文官服を着込んだ少年が屋敷の奥からやって来るのが見えた。薄茶髪の幼女の手を引いている。

私の帰還を心底から喜んでくれている少年の笑みに、強張っていた頬が自然と綻ぶ。

「勇隼、花琳」

この二人の名は徐勇隼と徐花琳。

戦場で余りにも多くの者を喪い過ぎた私の、命に替えても守るべき弟と妹だ。

厳密に言えば、私と花琳が血の繋がった兄妹で、勇隼は亡き叔父の忘れ形見なのだが
……些事に過ぎない。

私が当主代理の座に就いて以降、徐家の内向きを見ているのは齢十三の弟なのだ。

母にも『外のことは貴方が。内のことは勇隼に』と強く言い含められている。

気を利かせた老臣や文官が左右へと分かれ、勇隼達は私の前までやって来た。

荒んでいた心が和らぎ、幼弟の左肩を叩く。

「息災だったか？」

「はい、御無事の帰還、おめでとうございます」

「なに、賊を多少蹴散らした程度だ」

事実、栄軍の動きは非常に鈍い。中原や都で変事が起きつつあるのだろう。

「花琳も。さ、兄上へ挨拶をしようね？」

「…………」

弟の背に隠れていた、妹がちょこんと顔を出す。薄翠の寝間着が愛らしい。

八歳になったばかりなのだが、目鼻立ちが整っているのは母上譲りだろう。

「お、おかえりなさい、飛兄様……」

小さな挨拶が耳朶(じだ)を打った。

父上が生きておられる頃は、とても明るい子だったのだが……。

私が返事をする前に、妹は小さな頭を下げるや踵(きびす)を返し、屋敷の奥へと脱兎(だっと)の勢いで戻っていった。廊下の隅に控えていた女官達が慌てて後を追う。

そんな妹の背中を見て、弟が頬を掻(か)く。

「すいません。兄上が戻られるのを寝ないでずっと待っていたんですが……」

「いや、気にするな。郊外の陣地で鎧兜(よろいかぶと)こそ脱いできたとはいえ……見ての通り、軍装は戦塵で汚れたままだ。きっと怖がらせてしまったのだろう」

私の両手はもう血塗(ちまみ)れだ。

それを恥じてはいないが、幼き妹を抱きしめ汚すこともない。

老臣達へ向き直り、凛(りん)と告げる。

「皆、話したいことは多々あるが、今晩は兄弟水入らずにさせてくれ。頼む」

父の時代から殆(ほとん)ど家具らしい家具もない執務室は、綺麗(きれい)に整頓されていた。私の弟は書類仕事を得手にしている。

……十三にしては、落ち着き過ぎかもしれぬが。

父が何時も座っていた古い椅子へ腰かけると、目の前に白磁の碗が差し出された。琥珀色のお茶が芳醇な香りを放つ。

「どうぞ、兄上」

「ああ、すまない」

勇隼へ礼を述べ、碗を手にして一口――雑味は一切なく、清純さすら感じさせる。

ようやく緊張がほぐれ、素直な感想が零れ落ちた。

「――美味いな」

「兄上の為に調達しておいた海月島産の特級品です。昨今の情勢もあって、市内ではもう出回り難くなっていますが……そこは、蛇の道、というやつで」

武芸以外のことならば全て私よりもそつなくこなす弟は、まるで悪戯がバレた子供のように表情を綻ばせた。

もう一口お茶を飲み、言葉の意味を考える。

南部の異民族達とは友好関係を保てているものの、【玄】の大侵攻により中原が荒れている現状では交易なぞ到底望めず。情勢が変化しない限り、今後、物資問題は深刻になっていくだろう。戦は平時の商いを崩壊させる。

碗を脇机へ置き、窓から聴こえて来る通りの喧騒に耳を澄ませる。

以前よりも静かなのは、それだけ人々が家に籠っている為か。

額に手をやって瞑目し、気になっていたことを確認する。

「母上の御加減はどうだ？」

徐家を照らす太陽のように快活だった我が母——徐紫音は、父上が蘭陽の地で戦死された後、病に臥しずっと療養を続けられている。

急須から自分の分の碗へお茶を注ぎ入れ、勇隼が対面の席へ腰かけた。

「……半年前に比べれば回復はされています」

「そうか」

室内に沈黙が降りる。表情からして、余り良いとは言えないのだろう。

壁にかけられた灯りが、ジジジ、と微かに音を立てた。

四歳違いの弟へ深々と頭を下げる。

「本来なら、当主代理である私が気を回すべき母上や花琳、皆のことも含め……お前が家の内向きを担い、兵站を維持してくれているお陰で私達は前線で戦えている。無理を押し付けて本当にすまぬ。情けない兄を許してくれ」

「そんな！　……そんなことは。僕も非力でなければ、兄上達と一緒に……」

普段は温和な弟が叫び声をあげ、腰を浮かしかけた。

丸窓の外の月を見つめる。

「勇隼──何か言いたいことがあるのだろう？　遠慮するな。私にはもうお前や花琳達しかいないのだ」

「………兄上」

コトリ、と碗の置かれる音。

静かに夜風が吹き、私達の間を通り抜けていく。

聡明だが、華奢な弟がその場で背筋を伸ばした。

「では、徐勇隼。徐家当主代理の飛鷹様へ意見具申致します」

──……幼い。

国が乱れていなければ、父が生きていれば、勇隼は何れ必ず天下に名を成す学者となれただろう。今のような、苦衷に満ちた顔にさせたことを内心で強く恥じる。

弟はそんな私に構わず、地図を机の上に広げ、臨京近くを指で叩いた。

「昼間、都より逃れた者から聞き出したところ、【玄】軍の先鋒が都を守る最終防衛線に──大水塞に辿り着いたそうです。敵軍総大将は【白鬼】アダイ・ダダ。率いる兵力は二十万とも、三十万とも」

恐怖で身体が震えそうになるのを堪える。

【鳳翼】も【虎牙】も【護国】すら喪いし、愚帝が治める衰亡の帝国。

この国にはもう、私が率いた軍を一蹴した鬼の先鋒を……今は【黒狼】と号す怪物を止められる者はいない。

細く白い指を勇隼が滑らす。

「対して――【栄】軍も各戦線から兵力を引き抜き、決戦の構えを見せています。……どちらが勝つにせよ、我が家もいよいよ決断を下さないといけません」

――亡国。

父があれ程愛し、守ろうとした【栄】が滅びる。

頭では理解していた。そのつもりだった。

だが、実際に突き付けられる身になると即断なぞ出来ない。

……蘭陽の決戦場を駆けながら、兵達の前で笑ってみせた隻影殿とは器が違うな。

自嘲しつつ、碗のお茶を飲み干す。

「傍観を貫けば決戦後、両国どちらからも敵視され、遠からず潰されるからか」

「……はい」

弟は顔を伏せ、拳を握り締めた。

「『南域』は豊かな地です。父上や母上が民を慈しまれてきたお陰もあって、『敬陽』陥落に続く【玄】の大侵攻と、軍費調達を目的とした過度な重税で中原が荒れる中、目立った騒乱も起きませんでした。西冬侵攻がなく、花琳が大人になる頃まで平和であったのなら、独立を維持出来る力を得られた可能性もあったかと。ですが……今の徐家では」

「ああ、そうだな」

私達兄弟はよくやったのだ。

兎にも角にも故郷は未だ平穏。

この半年間の働きは、草葉の陰の父もお褒めくださるだろう。

——だが、それは同時に『南域が鄙の地である』という幸運あってのもの。

西冬侵攻戦の傷は信じられない程に深く、我が軍にかつての精強さはない。【玄】の大軍に攻め寄せられれば……。

勇隼が私と目を合わせた。

「怨讐を忘れ【栄】につくか、それとも【玄】につくのか——今が決める時です」

以前の私ならばこの時点で激高していた。

どちらも出来ぬっ、と。

しかし、私は徐家当主代理なのだ。老宰相の恨みを忘れることは出来ぬが、皆を、南域の民を守らねば。背もたれに身体を預け、目を手で覆う。

「兄上？」

「――……少し、疲れた。また明日にでも話をするとしよう。母上にも帰還の挨拶をせねばならぬからな」

「……はい」

勇隼が歩き始める気配。入り口の扉が開く。

弟は立ち止まり、目を閉じたままの私へ告げた。

「どちらの選択をしても――僕は兄上の決断に従います。おやすみなさい」

足音が少しずつ遠ざかっていく。

私は手をゆっくりと外し、深い溜め息を吐いた。

「…………ふぅ」

目を開けて、天井へと手を伸ばす。

急に寒々とした室内で独白する。

「【栄】を救うか。【玄】に降るか、か。……勇隼め、痛い所を。僕では『南域』で独立を維持する力なぞない、と。ハハ……あいつの方が当主に向いているのだろうな」

勇隼の言う通り、私の心が幾ら拒絶していても、今の徐家に選択肢などない。

怒りに任せ二線級の部隊や賊相手に暴れてみせたところで、大局は変わらない。

張家の……確か、瑠璃、という名の少女軍師ならば策を思いつくかもしれないが。

耐え切れなくなり、席を立って内庭へ。

石塔のぼんやりとした灯りを見つめていると——視線を感じた。

剣の柄に手をかけ、冷たく問う。


「……何者だ」

「お、お待ちください、徐飛鷹様。わ、私は貴方様の敵ではありません」


石塔の陰からやや慌てた様子で現れ頭を垂れてきたのは、薄汚れた外套を羽織り、狐面を被った男だった。殺気はない。ないが。

警戒を解かずにしていると、男は懐から書簡を差し出してきた。


「『臨京』より参りました。田祖様の遣いでございます。こちらを」

「……田祖殿の？」


あの恩人とは都を脱出して以降、幾度か連絡を取ろうと画策するも果たせず。

知恵者であるが故、首府を脱出して兵を募られているものとばかり。

私は男から書簡を受け取ると、素早く目を通した。

「！　これは……」

息を呑む。ま、まさか……このようなこと……。

丁寧に書簡を畳み、片膝をついた狐面の男へ尋ねる。

「使者殿。敢えて問うが、本気なのだろうか？　都の情勢が混沌を極めていようとも、このようなこと……到底可能とは思えぬ」

「田祖様は本気でございます。本気で病んだ故国を救おうとされておられます。そうでなければ……どうして腐敗した都に残られ、あの禁軍元帥と手を組みましょうやっ！」

「…………」

懐疑的な私の問いかけに対し、男は血を吐くかのような言葉を返してきた。

禁軍元帥、黄北雀。

今は亡き副宰相、林忠道と共に西冬侵攻を主張した男。父の敵だ。その者と田祖殿が手を？　私は剣の柄に手をかけ、歯を食い縛る。

──……故国、故国かっ！

憎むべき老宰相は我が手で討った。

無能な皇帝は【白鬼】を恐れ、玄(ゲン)軍が都へ近づく中、寵姫(ちょうき)に溺れる毎日を過ごしている、と漏れ伝え聞く。

隻影(セキエイ)殿と白玲(ハクレイ)殿の行方は分からず、今や【栄(エイ)】を守る将は数える程しかいない。

ならば、この徐飛鷹(ジョヒヨウ)と田祖(デンソ)殿とで、如何(いか)なる手を使ってでも国をっ。

……しかし。

冷たい風が通り抜けていく中、私は瞑目した。

「田祖(デンソ)殿には大恩がある。命を救っていただいたという大恩が。出来得ることならば、それを今すぐにでも返したい……」

既に我が心は半ば定まっている。

問題は、母上と勇隼(ユウシュン)の同意を得られるとは思えないことだ。

家を割るわけにはいかない。いや……事此処(ここ)に到(いた)っては、同意がたとえ得られずとも。

私は目を開け、使者殿へ自嘲した。

「だが……今の徐(ジョ)家に田祖(デンソ)殿が思われるような大きな力はないのだ。この書状に書かれていることを——【栄(エイ)】の病巣(びょうそう)を取り除かんとすれば」

息を大きく吸い込む。

——そう、この決断次第で。

「我が命は素より、徐家と『南域』の存亡すらも賭ける必要があるだろう」


覚悟した筈なのに、身体が震えた。

分かっている。私は父上には、【鳳翼】にはなれない。

だが……隻影殿ならば、伝説の【天剣】を持ちし彼の御仁ならばきっと決断される筈だ。

胸を叩き、狐面の使者殿へ力強く私は告げた。


「使者殿、二日……いや、明日の晩まで時間をいただきたい。徐家当主代理として、必ずや結論を出そう」

＊

飛鷹兄の部屋を出て、僕は最も厳重に警護されている屋敷の最奥へとやって来た。

重苦しい気持ちを抱きながら、部屋の扉を指で叩く。

「開いています」

静かな女性の声が返ってきた。ゆっくりと入り口の扉を開け中へ。

すると、寝台で上半身だけを起こされていたうら若い女性——秀鳳（シュウホウ）様の奥方、徐紫音（ジョシオン）様が蒼白（あおじろ）い顔に微笑を浮かべてくださった。短く切られた髪は艶やかさを喪（うしな）い、夜具から覗（のぞ）く手もぞっとする程細い。

「勇隼（ユウシュン）、御苦労様です」

「いえ、僕の仕事なので」

頭を振り、寝台の傍（そば）へ。

以前は幼くして両親を喪った僕を、父上と共に我が子のように愛してくださり、徐（ジョ）家を照らす太陽の如（ごと）き御方だった。

けれど……無謀極まる西冬（セイトウ）侵攻戦で秀鳳（シュウホウ）様が戦死。

そこに都へ出頭した兄上の投獄。更には老宰相閣下暗殺の実行者という信じ難（がた）き凶報。

結果……心労で重い病に臥（ふ）せられた。

病状は一進一退を繰り返し、今も良いとは言えない。

目線を動かすと、近くの長椅子で花琳（カリン）が眠っていた。その隣に座っているのは外套を着た長い黒髪美女だ。人見知りなこの子が警戒しないなんて。

——そうか。この方が母上の『大切な御客人』か。

僕は美女へ会釈し、寝台傍の椅子に腰かけた。

やつれた母上が目を細められる。

「早速ですが――飛鷹の様子はどうでしたか？　貴方の考えを教えてください」

「兄上は……」

逡巡し、言い淀む。

体調のよろしくない母上に残酷な真実を伝えて良いのか？　本当に？？

今の徐飛鷹に軍を任せていれば、徐家だけでなく南域も破滅する、と。


僕は脇机の竹筒を手にした。

震える手で茶碗へ水を注ぎ、言葉を絞り出す。

「……大変に迷われ、大変に苦しまれています。【栄】への怨讐を捨てられるかは……」

開け放たれた窓から風が入り込み、壁の灯りを揺らめかせた。

花の描かれた茶碗を母上へ手渡し、僕は窓の外に浮かぶ美しい月を見つめる。

……嗚呼。嗚呼。嗚呼っ。どうして、何で、こんなことにっ。

聡明な母上は僕の稚拙な言葉から結論を導き出されたのだろう。

顔を悲し気に伏せられた。

「貴方も知っての通り、飛鷹はとても優しい子でした。けれど、【西冬】の地にて秀鳳様と多くの者があのような仕儀となり、都では自身も謂われなき罪を負わされた。挙句、誰に唆されたのか、老宰相閣下までも手にかけた……。心に深い傷を負ったのも無理からぬことです。それでも、徐家の長子として必死に皆を守ろうとしている。あの子の根は変わっていないと、私は信じています」

「……僕も同じ想いです」

兄上は武才のないこんな僕を信じてくれた。今でも信じてくれている。

第一、僕は戦場を、あの優しき兄上を変貌させてしまった悪夢の如き死戦場を知らない。都で受けられた想像を絶する拷問の苛烈さも。茶碗をあおる。

けれど、兄上の引き起こした老宰相閣下暗殺は徐家にとって余りにも……。

感情と理性とがぶつかり合う中、母上の双眸が光を放った。

「同時に——徐家は張家や宇家と並び称された【栄】の柱石でもあるのです。その直系たる者が、如何なる理由があれど、老宰相閣下を手にかけてしまった。決して許されることではありません」

心に凄まじい激痛が走った。既に母上は覚悟を固めている。

――『徐飛鷹』をいざという時は自らの手で除く覚悟を。

ふっ、と息を吐かれ紫音様は目を閉じられた。

若かりし頃、父上から贈られた髪飾りを胸元に押しつけられる。

「秀鳳様が生きておられたならば、飛鷹や貴方と手を取り合い、『南域』の地にて世の趨勢が変わるまで、時を稼ぐことも決して不可能ではなかったでしょう。【護国】張泰嵐様、【虎牙】宇常虎様、老宰相閣下の助力も期待出来ました」

そうであれば。そうであるならばっ！

僕が泣き出しそうになるのを見やり、母上の手が頭を撫でた。

両親が死んだ夜と同じように。

「ですが、もう誰も……誰もいないのです…………。最悪の場合、徐家の幕引きは私が。その際は勇隼、花琳をどうかお願いします」

「は、はは、うえっ……」

堪えることなど到底出来なかった。涙で視界が滲み、嗚咽を零す。

母上はそんな情けない僕の頭を優しく撫でながら、凛とした声を発せられる。

「王明鈴殿と急ぎ話をする必要があるようです。繋ぎをお願い出来ますか――静殿？」

「畏まりました」

目元を袖で拭い、僕は長椅子に腰かけていた黒髪の美女へ視線を向けた。

……王明鈴（オウメイリン）？　新進気鋭の大商人として、南域にもその名が届く王仁（オウジン）の親族か？？

黒髪の美女は、膝を枕にして眠る花琳（カリン）へ慈愛の目線を落とした後、僕達を見た。

——そこにあるのは確信。

「御安心ください。我が主（あるじ）、王明鈴（オウメイリン）は張隻影（チョウセキエイ）様から『麒麟児（きりんじ）』と称されております。必ずや御家（おんけ）と、徐飛鷹（ジョヒヨウ）様を救えましょう。大船に乗ったつもりでお待ちください」

第一章

腰の鞘から抜き放たれた黒剣は、いとも容易く一つ目の藁束を両断した。

気持ちの良い青空の下、俺――張家の拾われ子である隻影は微かに口角を上げ、更に連続して立ち並ぶ藁束へ斬撃を浴びせて行く。

今から約一ヶ月前、宇家が治める西域の中心都市『武徳』は【玄】の奇襲攻撃を受けた。

率いていたのは帝国でも指折りの勇将にして皇族、オリド・ダダ。

後世に残るだろう『十騎橋』での激闘の末、撃退に成功するも俺は左腕を負傷した。

以来、過保護な幼馴染に禁止され身体を動かせていなかったんだが……そこまで鈍っていないようだ。傷の治りが早いのは俺の密かな特技？　でもある。

身体を回転させながら、俺は最後の藁束を斬り、

「ま、こんなもんか」

感想を零しつつ愛剣【黒星】を鞘へと納めた。

キン、という金属音とほぼ同時に十数の藁束達も地面へと倒れていく。

『オオオ〜！』

屋敷近くの訓練場内にいた宇家と張家の兵達が喝采を挙げ、武器や鎧を叩いた。多くは古参だが、志願兵らしき少年や少女もいる。

……そんなに騒ぐことかぁ？

ま、士気が少しでも上がってくれるのは有難い。

オリドを退け、【玄】相手に明確な勝利を得たとはいえ、敵は余りにも強大で、味方は余りにも劣弱。

うちの自称仙娘な軍師様が如何に神算鬼謀であっても、数と士気で差をつけられてしまっては、勝負にすら持ち込めないのだから……。

「隻影様、御見事ですっ！」

「おっかねぇ腕だな。流石は【今皇英】殿ってか？」

俺がそんなことを考えていると、張家軍副官を務める青年武将の庭破と、額に黒布を巻き、背中に戦斧を背負った、元山賊で巨軀な子豪が近づいて来る。

数多の激戦場を生き延び、今や歴戦の庭破は何時も通り生真面目な表情だが、子豪はニヤニヤ顔だ。

こ、こいつ……俺がその称号を嫌がるのを知っていながらわざとっ⁉

衰勢著しい【栄】を支え、大水塞を預かる岩烈雷将軍の息子とはとても思えん。

椅子に腰かけ、俺は両手を大きく広げた。

「何だよ……その御大層な称号。俺はしがない地方文官志望の男だっての」

確かに【黒星】は約千年前、史上初めて天下統一を成した【煌】帝国大将軍『皇英峰』が振るい、【双星の天剣】とも称される伝説の剣の片割れだ。

何なら、俺自身にも『皇英峰』の記憶が朧気にあったりもする。

——だが、しかしっ。

前線で戦ってばかりだが、俺の夢はあくまでも地方文官なのだ。


そんな男に対して【今皇英】とは何事か⁉


今は市内に買い物へ出かけている幼馴染の少女や宇家の姫、屋敷内で次期作戦について激論を交わしているだろう軍師様に聞かれたら、笑われちまいそうだ。

水差しを手に取り丸机の碗へ注いでいると、子豪が鼻白む。

「はぁ……おい、庭破さんよ」

「慣れろ。こればかりは隻影様の宿痾なのだ。今更治しようもない。白玲様や軍師様ですら無理だったのだぞ？」

「あ〜ならしょうがねぇか」

「……お前等？」

「事実かと」「いや、事実だろ？」

「グヌヌ……」

睨みつけるも一切の効果なし。

子豪はともかく、すぐあたふたしていた初々しい新米青年士官の庭破は何処？

俺のあしらい方が亡き礼厳に似てきたような……これも血か。

聞き耳を立てていた兵達もここぞとばかりに茶化してきた。

「そうですよ、隻影様！」「地方文官って……本気で？」「信じられないだろ？　本気なんだぞ、あれ」「『敬陽』にいた頃から言ってましたよねぇ」「大将軍の間違いなんじゃ？」

顔馴染の古参兵や西域出身の新兵。

悪夢の西冬侵攻戦を生き残った宇家軍士官達。

棒の先に青銅製の筒をつけた火槍を磨く異国の少年兵や少女兵。

さっきも感じたが、皆総じて明るく悲愴感は全くない。

天下統一を成すべく破竹の勢いで都へ攻め上りつつある【玄】帝国皇帝【白鬼】アダ

イ・ダダ。親父殿こと、【栄】の守護神であった【護国】張泰嵐ですら討つことは叶わなかった怪物が俺達の敵であるにも拘わらず、だ！

……本当に有難い。報いてやりたいと強く思う。口にはしないが。

大袈裟に肩を竦めると、黒い袖と裾が動いた。

「どいつもこいつも好き勝手言いやがってっ！　今の天下に、俺ほど平和を希求している男もいないんだぞ？」

本心を零し、高い空を見上げる。

故郷とは、『敬陽』とはやっぱり違うもんだな。

子豪が俺の気持ちも知らずに腕を組み、揶揄してきた。

「はんっ。【玄】の猛将、勇将を次々と討ち破って来た英雄様の言葉とは思えねぇな」

「お、子豪？　もしかして英雄志望か？？　よーし！　うちの軍師様に伝えておこう」

顔を戻し、碗を掲げる。

うちの仙娘で麒麟児な軍師の瑠璃なら、英雄を作ることなんて児戯。あいつに出来ないのは双六に勝つことくらいだ。どうも、賽子の神に嫌われているらしい。

短い付き合いとはいえ、そのことを理解していたのだろう。子豪は「いや、そいつは……」と表情を引き攣らせ、誤魔化すように訓練中の兵達へ怒鳴った。

「だぁぁ～～～！　て、てめえらっ！　何だ、その温い踏み込みはぁぁぁっ‼　俺様が直接指導してやるっ‼!」

そして、背中の戦斧を手に取るやそのまま大股で進んでいく。逃げたか。

俺と出会った時こそ山賊に身をやつしていたとはいえ、子豪は元々軍に所属し、将来を嘱望されていたらしい。元山賊の部下達はもとより、新兵達からの評判も悪くない。前線指揮官として、大いに頼りにしている。

温い水を飲み、青年武将にも話を振っておく。

「庭破でもいいぞー？」

「初陣以来、分相応、という言葉を篤く信奉しておりますので」

「そうか、残念だ」

余裕のある受け答えに、片目を瞑る。

兵達が指揮官の何気ない態度や言葉を見聞しているのは千年前も今も変わらない。

そのことを学び終えた庭破は理想的な将になりつつある。

次の戦では軍の一翼を預けるかな――碗を置き、俺は左肘を丸机についた。

「あ、そーだ。俺が訓練したこと、白玲達には内緒だぞ？　普段は『朝練です！』『遠駆けです！』って五月蠅いくせに、こういう時は過保護で困るぜ」

「……隻影様、残念ながら」

「うん？」

庭破は恭しく、左手で俺の後方を指し示した。

――嫌な予感。


「隻影」


涼やかな声が耳朶を打った。その冷たさに背筋が震える。

ふ、振り返りたくないっ。でも、振り返らないと後が怖ぇぇぇっ‼

「…………」

碗の水を一気に飲み干す俺に対し、庭破や兵達はやけに楽し気だ。ぐぅぅ。

息を深く吸い、振りむくと、

「ひっ」

悲鳴が零れ落ちた。

そこにいたのは、緋の髪紐で結んだ長い銀髪と蒼眼が印象的な美少女――俺の幼馴染で
ある張白玲だった。着ている服は白と蒼を基調とした民族衣装。腰の純白の鞘には、【黒

星】と対となる【白星（はくせい）】が納まり、手には布袋。

じーっと、俺を見つめている。

耐え切れなくなり視線を泳がせると、白玲（ハクレイ）の少し後方では短い黒茶髪に短い赤布を着けた少女――宇（ウ）家の姫であるオトも円匙を持ち、不満そうに頬を膨らましていた。

……まずい。こいつはまずい……。

何せ、俺は白玲（ハクレイ）達から『訓練禁止』を言い渡されていたのだ。

視線で庭破（ティハ）に救援を求めようとするも「では、私も訓練に参加して参ります」と朗らかに告げ、離れて行った。薄情者め！

俺がそれ以上の反応をする前に、少女達はすたすたとやって来るや椅子に腰かけ、布袋を机上に置いた。

「「…………」」

オリド・ダダにすら勝る少女達の無言の圧力。冷や汗が頬を伝っていく。

俺は目線を泳がせながら、予備の碗へ水を注いだ。

「お、おかえり。白玲（ハクレイ）もオトも、ひ、昼飯は市内で食べてくるんじゃ……」

「嫌な予感がしたので」「当たっていましたね」

取り付く島もないとはこのことか。奥で笑っていやがる庭破（ティハ）と子豪（シゴウ）は後で殴ろう。

碗を差し出し、しどろもどろに弁明。

「い、いや別に無理したわけじゃ。左腕の痛みもないし……」

「信じられません。貴方は嘘吐きなので」「隻影様、擁護出来ません」

「ううう……」

せめてこの場にうちの軍師が、瑠璃がいれば、良い知恵を出して……。

張家と宇家――【栄】を代表する名家の姫達から同時に詰められ、二の句を告げない。

……いや、ないな。

白玲達の側についてからかうに決まっている。最近、双六で負けが込んでいるせいか、
俺に対して当たりきついし。

そんな風に現実逃避していると、目を細めた白玲が左頬を指で何度も突いてきた。

「まったくっ！　貴方はどーして、何時も何時も、何時もっ、私がいない時に動き回るんですか。いる時にしてください、いる時にっ！」

「いやだって……いる時に訓練したら、長くなるだろ？」

瞬間、背筋にとんでもない寒気。

両手を合わせた張白玲が、それはそれは美しい微笑みを浮かべ、俺の名を呼ぶ。

「――……隻影（セキエイ）？」

ツツツ、と目を泳がせ黒茶髪の少女へ目配せ。

オトとは数多（あまた）の戦場を共に駆けて来た仲だ。

俺を見捨てずきっと助け――碗の中身を飲み干し、少女は布袋を抱え直した。

左手で色気のある敬礼。

「私も訓練に参加して参ります♪」

「オ、オトさんっ⁉」

止める間もなく、最後の救援予定者が去っていく。

――……逃げ場はなし。

無言の白玲（ハクレイ）が水差しを手にし、俺の碗へ注いできた。

その双眸（そうぼう）に怒りの炎はあるものの、過半は強い拗（す）ねだ。

銀髪についた埃（ほこり）を取り、頭を下げて謝る。

「あ～……悪かった！　でも、痛みは本当にないから安心してくれ。……市内の様子はどうだった？」

幼馴染（おさななじみ）の少女は心底不満そうに唇を尖（とが）らせ、俺の左腕に触れ「……バカ。埋め合わせはしてもらいます」と小さく零した。

布袋から粽を取り出し放り投げてきたので、受け取る。

「普段通りです。品も西方から入って来ていて、不足は感じられませんでした」

「そいつは上々」

竹皮を剝くと食欲のそそる匂いが立ち込めた。具には川魚や小海老等。酒も味付けで使っているようだ。

白玲に目で促され二つ目も剝き、手渡す。

——物品に不足なし、か。

長年に亘って、宇家が国境近辺の少数民族達と友好関係を構築してきた努力が、この局面で活きている。当面の間、持久することは不可能じゃなさそうだ。

瑠璃に言わせれば——『あくまでも当面に過ぎないわ。今の内に動かないと！』であって、だからこそ宇家の取り纏めであり、慎重派の宇博文と対立しているわけだが。

粽を美味しそうに食べていた白玲が、訓練風景へ目を細めた。

「子豪は思ったよりも真面目ですね。貴方と瑠璃さんが『当面はオトの指揮下に入れる』と言った時は少しだけ不安でした」

「外見で大分損している口だな。火槍を扱う兵も増えて来たし、近接戦闘に長けた子豪達と組ませれば戦力は倍加する。俺達が打って出るならあいつは連れて行くが」

それぞれの当主と多くの古参兵を喪った張家と宇家には余裕がない。使える人材を遊ばせておけないのだ。

故に――この場にいない賢い連中は、衰亡の故国を救うべく鄙の地までやって来た【栄】の皇妹をどう扱うかで激論を交わしている。

俺達が鷹閣近辺の廃廟で見つけ出した、金属製の黒小箱に入っている可能性が高い。煌帝国初代皇帝、飛暁明が作らせた【伝国の玉璽】の使い方もだ。

ただ……黒小箱の『鍵』は皇妹が握り、あの少女は都の救援を強く訴えている。そう簡単に議論はまとまらないだろう。そもそも中身の確認もまだだ。

米粒のついた指を舐める。

「この一ヶ月で部隊再編と兵站物資の集積は進められた」

「『武徳』北方の地図作成もです。瑠璃さんの策で『**オリド・ダダを打ち破った**』と喧伝することで志願兵も集まっています。敵軍も『鷹閣』を警戒するだけで――隻影」

「ん？」

白玲が途中で言葉を止め、手を伸ばしてきた。

自然な動作で口元の米粒を摘まみ、自分の口へ。

「ついてました」

「お、おう……」

気恥ずかしくなり、俺は訓練場へ目を逸らした。

オトが兵士達へ粽を配る度、大きな歓呼。宇家の姫は前線の将向きだな。

竹皮を畳むと、風が白玲の銀髪を靡かせた。

「貴方の傷が癒えたのなら、私達も動かないと、ですね」

――【白鬼】配下には勇将、猛将、智将、綺羅星の如し。

対して、味方に将は少なく、正面から戦える者は更に少ない。

正直荷が重い。が、やるしかない。

何時のまにか足下にやって来ていた、黒猫のユイを抱き上げる。

「風聞を聴く限り、『臨京』はまだ落ちてない。この間に情勢を好転させることが出来なければ詰みだ。問題は――」

「隻影様、白玲御嬢様、御歓談中のところ、失礼致します」

言い終える前に、栗茶髪の女官が屋敷から歩いてやって来た。

「朝霞？」「どうかしたの？」

敬陽からこの地まで付き従って来た白玲付き女官の顔には緊張。

裾を摘まみ、頭を軽く下げてくる。

「瑠璃様からの御伝言でございます。『**きっといちゃついているところ、申し訳ないんだけど……埒が明かないのよ。貴方達も議論に参加してくれる？　オトもね**』と」

「「！」」

俺と白玲は目を同時に瞬かせた。

うちの軍師を務めている仙娘は、忙しい時でも俺達をからかうことを止めたくないらしい。いちゃついている、って何だよ。

席を立ち、黒猫を朝霞へ託す。

「はぁ……麒麟児様ともあろう者が何を誤解していやがるんだか。白玲も幾ら同性の友人が少ないからって、偶には怒らないと駄目だと思うぞー？」

銀髪の少女は袋を手早くまとめ、俺の隣へ。さも当然のように告げる。

「瑠璃さんは可愛らしい方なので。可愛くない【今皇英】様と違って」

「……張白玲は意地悪だっ」

「張隻影には負けます」

ああ言えば、こう言う。幼馴染はこれだから困る。

朝霞に無言の同意を求めるとクスリと控え目に笑い「オト御嬢様を呼んで参ります」と

黒猫を抱いたまま歩き始めた。……味方が少ねぇ。

布袋を手にし、白玲へ提案する。

「粽も持っていってやろうぜ。堅物な宇家の御曹司とやり合って、腹が減ってる頃だろ」

「そうですね」

知恵者達だからこそ、議論はきっと果てしない平行線になっている筈だ。

朝霞と楽しそうに話すオトの背中を見つめ、言葉を足す。

「素直で蛮勇な皇妹殿下にも、な。あいつは目を回しているかもだが」

*

目的地である、宇家屋敷最奥の部屋では案の定激論が交わされていた。

「だからぁ――今の情勢で『西域』をただ保持するのは悪手だと説明しているでしょう？　積極的に動かなければお仕舞いよ。都に兵を出すわけじゃないのだし、勝算はある」

金髪を青の髪紐で結んだ美少女――軍師の瑠璃が右の翠眼を煌めかせ、小さな手で机上を叩いた。拍子で、蒼の帽子と衣装が動き、精緻な細工の施された黒小箱も浮く。

「……何度言えば分かる？　無理だっ。兵を出そうにも南方は断崖絶壁が連なり、北方の山嶺は無数の虎が住まう人の支配が及ばざる地。まともな地図もないのだ。オリド・ダダのような無理をすれば戦う前に軍が消えよう。今は中原への唯一の玄関口である『鷹閣』を堅く守りつつ天下の情勢を見極め、『南域』の徐家と連絡を取るべき、と愚考する」

対して、薄黒髪と瞳を持つ礼服姿の男――オトの母違いの兄である宇博文が、苛立たしそうに反論した。

そんな二人の間に座る薄茶髪で、皇族にしか許されない金黄色がふんだんに使われた服を着た少女――皇妹、光美雨は胸にかけた黒小箱の『鍵』が入っている小袋を握り締め、今にも泣き出しそうだ。芽衣という名の侍女兼護衛も蒼褪め、沈黙している。

どうやら『都へ救援を！』と訴えたくても、議論に割って入る勇気がないようだ。

平然としているのは、寝台で花を切っている宇家当主代理、宇香風だけ。

……いや、婆さんが止めろよ。

瑠璃は皇妹達を一切気にせず、博文を鋭く睨む。

「それじゃあ間に合わないのよっ！　座して死ぬ気なわけ？」

「そんなことは言っていないいっ！」

室内の空気が凍えていく。

「(隻影)」「(隻影様)」

後方の白玲とオトが袖を引っ張って来た。俺かよ。

嘆息し、布袋に手を突っ込む。

「おーおー。随分と盛り上がってんなぁ。ほれ」

「！」

猛っていた瑠璃と博文に粽を放り投げ室内へ。

冷たい視線を無視し、肩を竦める。

「白玲とオトの土産だ。一息入れろ」

「…………」

二人は自分達が熱くなり過ぎていたのを自覚したのか、近くの席に腰かけた。

光美雨もあからさまにホッとした様子を見せ、俺へ会釈してきたので『気にすんな』と左手を振る。

「……ねぇ、お茶は？」

竹皮を剝き、粽に齧り付いた瑠璃が俺へ顔を上げた。

「我が儘軍師が。オト」

「お任せください」「私も手伝います」

戦場仕事だけでなく、瑠璃の世話にも辣腕を発揮する宇家の姫と白玲が、お茶の準備を開始。薬缶をかけてある火鉢の中の炭が音を立てて割れた。

俺は鋏を動かす宇香風へ文句。

「婆さんも止めてくれよ。皇妹殿下が死にそうになってんぞ？」

「面倒事は若いあんた達に任せるよ。私は責任を取るだけさ。粽は後で食べるよ」

「……さいで」

為政者としては正しい。その分、俺達は苦労するわけだが。

瑠璃の左隣に腰かけ、光美雨にも粽を二つ投げる。

「ほれ」「！　え、えっと……」

何とか受け取った皇妹が目を白黒させる。後方の女官は見るからに苦々しそうだ。

「お前も食え。腹が減ったら頭も回らん。オト、白玲、そいつ等にもお茶を。ああ、毒なんて入っちゃいないぞー」

「は、はい……あ、ありがとうございます」

少女はか細く礼を口にし、白い指で竹革を剝がし始めた。

その間にオトと白玲はお茶を淹れ終え、てきぱきと碗が目の前に配られていく。

俺は香りを嗅いで気分を落ち着かせ、隣に座った白玲と、瑠璃の隣に座ったオトへ「ありがとう」と礼を言った。

博文と光美雨が粽を食べ終えたのを見やり、俺は机に右肘をつく。

「さて、と——」「あ、あのっ！」

室内に薄茶髪の少女の声が響き渡った。皆の視線が集中する。

それに躊躇い震えながらも光美雨は立ち上がり、小袋を胸に押し付けた。

「皆さんは、都を——『臨京』を救ってくださるのではないのですか？」

元々この少女は、【玄】の大軍によって次々と領土を喪いつつある【栄】を救う為、援軍を請いに西端の地までやって来た。

西冬軍とオリドの侵攻前には、自分の母の形見である『玉璽の鍵』を差し出すことを申し出てもいた。

議論が再開されるこの一ヶ月をじりじりとした思いで待っていた筈だ。

なのに、瑠璃と博文の議論内容に『首府救援』という言葉が出てこない。

不安になるのも分からなくはない。……ないんだが。

俺、瑠璃、白玲、オトは顔を見合わせ、同時に頭を振った。

「無理だな」「無理でしょうね」「無理ね」「……残念ながら」「………………」

愛国心が強く、光美雨に同情的な博文ですら沈黙を選択した。

更に顔を蒼褪めさせ、少女が机に手をかける。

「ど、どうして、何故なのですか⁉　『鷹閣』と『武徳』に攻め寄せて来た敵軍は撃退された筈ですっ！　貴方方が助けてくれなければ『臨京』は遠からずっ……」

唇を噛み締め、幼いながらも端麗な顔を伏せた。小さな両肩が震えている。

親父殿を滅茶苦茶な論理で処刑に追い込んだ【栄】の皇帝を信じることなど出来ない。

だが、目の前で泣きそうなこの少女は紛れもなく善人なのだ。ただただ故国と都を救えないか純粋に想っている……気分が重いな。

ふっ、と息を吐き、俺は足を組んだ。わざとぶっきらぼうに告げる。

「いいか──姫さん？　あんたも知っての通り、【玄】の主力は今も『臨京』に迫りつつある。宇家軍や張家軍でその後背を突くことも不可能じゃない」

「だ、だったらっ！」「──が」

少女が美しい双眸を希望で輝かせるのを、俺は手で押し留めた。

残酷な現実を勧告する。

「そいつは『不可能』じゃない、ってだけの話だ。そもそも、どうやって都まで行くんだ？　【白鬼】は軍を大運河沿いに進軍させ、船の通航を許していない。入り口の『鷹閣』

も西冬軍約十万に塞がれているんだぞ？　因みにこっちは約二万しかいない」

「そ、それは……」

大陸を南北に貫き、物流の大動脈だった大運河。

その支配権を事実上喪った時点で商業国家【栄】の命運は半ば尽きている。

瑠璃も博文を一瞥し、言葉を補足してきた。

「そこの頑固者も言っていたけれど、私達には将も兵もまるで足りていないのよ。相手は精鋭無比な玄軍と装備に優れる西冬軍。軍を率いて勝てるとしたら――」

またしても嫌な予感。

止める間もなく、金髪の軍師様は布で指を拭いた。

「そこの【今皇英】様だけでしょうね。張白玲がいれば無敵だし？」

こ・い・つ！　昨晩負けた双六の意趣返しかよっ!?

隣の白玲は薄っすら頰を染め「まぁ、そうですね」と指で前髪を弄り、オトは口元を押さえ楽しそうだ。……この姫達ときたら。

横目で瑠璃を見て、やり返す。

「【双六最弱】な金髪軍師様も勝てるだろうが？」

「さ、最弱じゃないでしょうっ!?　昨日はオトに勝ったわ」

——ふっ、あれを勝利だと？　憐れな。

わざとオトへ視線を向けた後、ない胸を張った瑠璃に頷く。

「ああ、そうだな。うん、お前がそう言うならきっとそうだ」

「そ、その顔は何？　何なのよっ!?　ま、まさか、オト……私に慈悲を!?」

「え、えーっとですね……」

宇家の姫に金髪の仙娘が食って掛かる。

小動物同士のじゃれ合いみたいで心を和ませたので、嫌な話を戻す。

「因みに俺が勝つとしたら、瑠璃の策があるのは大前提。かつ、白玲とオト、古参の兵達が死力を尽くしてくれてだ。この前の勝利に勘違いするな。彼我には絶望的な差がある」

「……そ、そんな」

縋るように光美雨は博文へ視線を動かした。

宇家の内向きを司る男は眉間に皺を寄せ、目を伏せる。

「恥ずかしながら、私に将才はありません。我が家内にも野戦部隊を率いる者はいても、戦況打開を成せる者は……。実質、軍を率い敵に打ち勝てる可能性を持つのは張隻影だけなのです。他の者では『鷹閣』防衛が限界でしょう」

「瑠璃、頼む」

「……ええ」

俺はそこでうちの軍師の名前を呼んだ。

オトから渋々手を離し、瑠璃は指で机上の小箱に触れる。

「【白鬼】は殆ど全てを見通しているわ。当然、隻影と白玲の脅威も。私達の優位性はね、光美雨――存在を認識されていない【栄】帝国皇妹である貴女の存在と、この中に入っているかもしれない【伝国の玉璽】だけなのよ。たったそれだけでしかないの」

「…………ッ」

皇妹は胸の小袋を握り締める。その秀麗な顔は真っ青だ。

瑠璃が席を立ち、室内を歩き回る。

「『亡国の危機を救うべく、鄙の地で兵を集め立ち上がった憂国の皇妹』」

立ち止まり、金髪を靡かせながら半回転。

そして、まるで術利を解くかのように指を立てた。

「幾ら【白鬼】が神算鬼謀だろうと、これを予期してはいないでしょう。そこに【玉璽】が加われば猶更よ」

如何な【今王英】であろうとも人間。限界はある……筈だ。皇宮内に密偵を潜り込ませていたら、皇妹が使者に立ったことはバレているかもしれんが。

瑠璃は光美雨に人差し指を突き付けた。後方の芽衣が怒気を漂わせる。

「けれど――貴女が私達に担がれ、【玉璽】の存在がそれを補強し、兵の増加を見込めたとしても、『臨京』救援は不可能だわ。理由は大きく三つよ」

細く白い指を三本立てた金髪の軍師。

皇妹は硬直し、それを凝視する。

「第一に、あの【白鬼】が後背を突かれる危険性を認識していないとは思えない。いえ、むしろ決戦を望んでいる可能性が高い」

ちらり、とうちの軍師様がこっちを見て来た。巻き込むなよ。

仕方なく、大仰に両手を広げる。

「親父殿や徐秀鳳将軍、宇常虎将軍なら、『臨京』救援案を迷わず選ばれたと思うぜ？でもな……俺達に真正面からの決戦で勝つ力はない。そして、この状況を作り出したのは他でもない、お前の兄自身なのを忘れるな」

「そ、それは……」

　残酷な現実を俺に言わせた金髪の仙娘は皇妹の反応を無視し、てくてくと此方へやって来るや、自分の椅子の背もたれに左手をかけた。

「第二に――」

　子供が遊ぶかのように脚を浮かし、冷たく続ける。

「大水塞を守る【栄】軍を――最終的に命令を下す皇帝を信じる要素が何一つとして見当たらない。奇跡的に張家軍と宇家軍が首府近郊に達し、現地の将と連絡出来たとしても、貴女の兄は軽んじるでしょうね。最悪見捨てられた挙句、各個撃破されるわ」

「そ、そんな……そんなことはっ！」

「宇博文、この一ヶ月の間、都から使者は来たかしら？」

「……いや。一人として」

「〜〜っ」

　光美雨の顔が更に蒼白くなり、瞳が動揺で揺れた。が、心配そうな芽衣以外の者達は泰然としている。都には、次の使者を送る余裕がもうないのか、捕らえられたのか。皇妹に期待していないのか、そもそも――その発想がないのか。

　忘れてはならない。

皇帝は親父殿を……【護国(ごこく)】張泰嵐(チョウタイラン)を殺した男だ。

信用？　出来る訳もない。

「因果、だねぇ……」

パチリ、と花の枝を落とした宇香風(ウコウフウ)が呟(つぶや)いた。全くもってその通り。

首府の守備に就いている兵達も、いったいどれ程が心から任に当たっているか……。

無実の罪で親父殿を殺した影響は余りにも大きい。

静かに話を聴いていた白玲(ハクレイ)が茶碗(ちゃわん)を机へ置いた。

「第三の理由は私でも分かります。西域にいる兵達の大半が『臨京(リンケイ)』救援を心からは望んでいないこと、ですね？」

「――えっ？」

今にも倒れそうな光美雨(コウミウ)が呆(ほう)ける。

嗚呼(ああ)……こいつは本当に『籠の中の鳥』だったんだな。

勇気はあっても、現実がまだ見えていない。

兵達が国を、首府を守ることを、無条件に当たり前だと思っている。

少しばかり同情しながら、俺は左肘をつこうとし「……ダメです」白玲(ハクレイ)に咎(とが)められ、右に変更しながら、説明してやる。

「あのな？　今の『西域』にいる兵達は、張家軍や宇家軍で死戦場を生き残って来た連中なんだぞ？　親父殿や常虎（ジョウコ）将軍に長年仕えていた者も多い。皇帝家に対して、忠誠心が残っていると思うか？」

「…………」

世間知らずな皇妹は完全に沈黙し、石像のように固まった。

椅子に座り、俺の左腕を見聞しながら瑠璃（ルリ）が結論を述べる。

「寡兵なのに士気の面でも劣勢ならば敗北は免（まぬが）れない。兵の前でなら幾らでも希望を語ってあげるけど、『使い方』の難しい貴女の前でその必要性は感じていないわ」

「…………」

うちの軍師様は本当に容赦がない。

皇妹を旗印にしたとしても、たとえそこに【伝国の玉璽】が加わろうとも――結局、俺達と行動を共に出来ず、前線にも出て来ないのなら、精々武徳（ブトク）で檄文（げきぶん）に印を捺（お）すことしか出来ないだろう。

取り合えず、オトが『瑠璃（ルリ）様、カッコいいです！』と目を輝かせているのは、う～ん……矯正せねば。

対して、光美雨（コウミウ）は裾を握り締め震えている。芽衣（メイ）に到（いた）っては腰の短剣に手を伸ばし、今にも抜き放ちそうだ。

『張隻影、潮時だ。何とかせよ』

実の所、根っからの常識人な宇博文が目で催促してきた。

——白玲じゃなく俺かよ。お前だって結論は同じだろうに。

頭を掻き、手を軽く振る。

「要はだ。俺達に出来ることは多くないんだ。瑠璃の案を採用して——」

「少数精鋭で『武徳』北方、虎住まう山嶺を越えて『敬陽』を突き、後方を撹乱するか、博文の案を採用して敵を一兵でも多く『鷹閣』に引き付けるか。私達は古の【双英】じゃないわ。全ては救えない。後は光美雨。貴女の『覚悟』次第ね」

「……『覚悟』……」

涙で目を赤くした皇妹は、俺と瑠璃の言葉を受け苦悩の色を更に濃くした。

すると、金髪軍師は俺をちらり。

本人に考える時間を、か。厳しいんだか、甘いんだか。

果たして、光美雨は『覚悟』の表裏に気づくや否や？

俺は両手を叩き、険しい顔の芽衣へ命じる。

「今日はこれ位にしておこうぜ。結論は明日だ。そいつを部屋へ」

「貴方に言われずともっ。さ、美雨様」

「………」

激しい怒気を滲ませながらも芽衣は悩める主人の手を取り、部屋を出て行った。

……あの様子だと、自分で結論に辿り着くかどうか。

気付かぬ内に苛烈な運命を背負わされている幼き皇妹に同情していると、白玲が普段通りの口調で瑠璃に話しかけた。

「あ、そうでした。瑠璃さん、聞いてください。隻影ったら、私とオトさんの目を盗んで訓練していたんですよ？　酷い人だと思いませんか？？」

「白玲、こいつが酷い奴なことは、貴女が一番良く知っているでしょう？　私を【双六最弱】なんて呼ぶ奴――あ、そうだった。オト、さっきの話の続きなんだけど……もしかして、昨晩の双六、手加減していたのかしら？」

「る、瑠璃様、あの、その、えーっと……」

ついさっきまでの重い空気は何処へやら。少女達は姦しく、お喋りを開始した。

俺はお茶を淹れ直しながら、博文と香風へ近づき問う。

「（『南域』から、新しい情報入ったか？）」

「（未だない）」「（徐家の御曹司が南方で暴れているのは事実なようだよ）」

脳裏に、明るい徐飛鷹の笑顔が浮かんだ。

……あの馬鹿っ。いったい何をして。

「「隻影っ！」」「せ、隻影様ぁ」

怒れる白玲と瑠璃、困った顔のオトに呼ばれる。

「……へーへー」

まったく憤る暇もない。

俺は苦笑し、碗の中身を一気に飲み干した。

＊

「…………」

屋敷の一室に戻った私は長椅子に力なく座り、黙り込みました。

張隻影に付き従う軍師、瑠璃の言葉が脳裏で何度も何度も繰り返されます。

『後は光美雨――貴女の『覚悟』次第ね』

胸の小袋を握りしめます。

危機迫る故国を救う為、兄に使者となる申し出をし、王明鈴の力を借りて西域へ。

母の生家である『波』一族に代々伝わってきた、【伝国の玉璽】に関わる『鍵』を差し出す決意も示しました。

けれど、それでも『覚悟』が足りない？　これ以上、私に何をしろと？？

幾ら考えても答えは見つかりません。私はいったいどうしたら……。

「美雨様、あのような無礼な物言いに余りお気落ちされませんよう。今、温かいお茶をお淹れします」

気落ちする私へそう優しく告げるや、芽衣はすぐさまお茶の準備を始めました。

都から文句一つ言わず、鄙の地までついて来てくれた護衛兼年上の親友の背中をぼんやりと見つめます。

今後、張家と宇家が積極的に打って出るのか、それとも消極的に守りを固めるのか。

戦場を知らない私には分かりません。

一ヶ月前に攻め寄せて来た敵軍も結局直接見ることはなく、ただ屋敷の一室で待つだけでしたし、その結果自体も芽衣に説明されて理解したくらい――……あれ？

改めて考えてみると、武徳に到着し都の救援を願い出た後、私はただ『待っている』だけだった……？

静かに白磁の碗が目の前に差し出されました。お茶のとても良い香り。

「どうぞ、温かい内に」

「……ありがとう、芽衣」

心配そうな短い茶髪の親友へお礼を述べ、一口だけ飲みます。

安堵した途端、自分の愚かさに対する悔しさがこみ上げ、視界が涙で滲んできました。

「私は何も……何も知ろうとしていなかったのね………」

「……美雨様」

この一ヶ月の間、私はただただやきもきしながら待っていただけ。

都の救援を本当に願っているのなら、宇香風に、宇博文に、張白玲に、瑠璃に――そして、張隻影に、たとえ冷笑されようとも何度でも願い出れば良かったんです。

けれど、私は自分から状況を変えようと動くことはせず、黒小箱の中身すら確認しようとしなかった。

王明鈴から『皇帝家に信はもう置けず、先に利を』と明確に通告されていたのにっ。

張隻影から『信義は一度喪われたら仕舞いなんだ』とはっきり言われていたのにっ。

そんな傲慢な人間の意見なんて、聞いてもらえる筈がありません。

たとえ、張隻影の持つ黒小箱内に【伝国の玉璽】があったとしても……あの恐ろしく賢い金髪軍師のことです、必要ならば躊躇なく偽物を作らせることでしょう。

胸の小袋を、強く、強く握りしめます。

——……『信義』と『覚悟』。

今の『光美雨』が持っている価値は『憂国の皇妹』という立ち位置と『鍵』だけ。

それを最大限に示して【栄】を、私の故国を救うにはどうすれば……。

考えは千々に乱れ纏まってくれません。ゆっくりと顔を上げ、雨の降り始めた窓の外を眺めると、北方の峻険な山嶺に薄ぼんやりとした雲がかかっていました。

「………」「美雨様？」

心底心配そうな芽衣の声が遠くに聴こえます。

張家軍は虎住まう北の山嶺を越えて敬陽奪還を、宇家軍は鷹閣固守を指向している。

都を守る可能性がより高いのはどちらなんでしょう？　私はどうすれば？？

考えても、考えても答えは出ません。

嗚呼、私が二人いればどちらの案にも賛同して——……。

「芽衣」

「は、はい。……美雨様？」

碗を机に置き、私は親友の温かい手を握りしめました。

心臓が痛い位に鼓動を打っています。

──今までの私なら、きっとこんな突拍子もないことを考えついたりしませんでした。

けど、けれどっ！　私も『覚悟』を示さないとっ‼

このまま情勢に流されるばかりで、故国の滅亡を待つことなんて出来ません。

芽衣の綺麗な瞳を見つめ、意を決し話しかけます。

「一生のお願いがあるの。聞いてくれる？」

*

「じゃあ、隻影。私達は温泉に行って来ますね」

「お〜」

その日の晩。

宇家屋敷の部屋で、長椅子に寝転び古書を読んでいた俺は、白玲を一瞬だけ見やり、答えた。数百年前、西域を探索した旅人の日誌なのだが無類に面白い。

「……もう」

俺の返答が気に食わなかったのか、白玲は不満気に頰を少し膨らませた。後で散々夜話するだろうに。

その背から帽子を外した瑠璃と、着替え類の入った籐籠を持つオトが顔を覗かせた。

金髪翠眼の仙娘様が細い指を突き付けてくる。

「いい？　寝るんじゃないわよ？　帰ったら、ボコボコにしてやるんだからっ！」

「寝ない寝ない。オト、悪いが二人を頼むな～」

「はい、隻影様」

わざわざ胸を叩き、宇家の姫が応じてくれる。本当に出来た子だ。

少女達が姦しくお喋りをしながら廊下を歩いて行く中、足下で丸められた白布で寝ていた黒猫のユイが大きな欠伸をした。

俺は古書に鳥の羽根を挟み込み、徐に上半身を起こす。机上の【伝国の玉璽】が入っているかもしれない黒小箱が視界の外れに映った。彫り込まれた『桃花と三本の剣』が妖しく光る。

「……行ったか。クックックッ……」

独白し、壁際の棚へ。書物の陰に隠しておいた陶器製の瓶と碗、炒った豆が入った小袋を取り出す。こいつを楽しみにしていたんだっ！

いそいそと長椅子へと戻り、碗へ琥珀色の液体をなみなみと注ぐ。

――ふんわりとした甘い香り。

黒小箱を調べてくれた老職人が仕込んだ梅の酒だ。先んじて飲んだ宇博文曰く『絶品だ』とのこと。碗を傾け、深い息を吐く。

「はぁ……美味ぇ」

複雑だが、力強く芳醇な味。敬陽で飲んだ山桃の酒と並ぶな！

ただかなり強い。白玲や瑠璃に飲ませたら悪酔いするだろうし、飲ませなくて正解だ。

オトは……強いんだろうか？

豆を口に放り込んでいると、黒猫が顔を上げた。

廊下へ視線を向けると、灯りが小さな人影を揺らしている。

……珍しい客だな。

けれど、影は揺らめくばかりで部屋へ入って来ようとはしない。

俺は足を組み、碗の中身を飲み干した。

「俺に何か用か～？　そこにいても物事は進まないぞ？」

「っ！」

小柄な人影は分かり易く驚き、恐る恐るといった様子で扉を開く。

「や、夜分遅くにすいません。少し……お時間をいただいてもよろしいですか？」

そこにいたのは髪をおろし、紫基調の寝間着に白布を羽織った光美雨だった。表情は真剣で、胸に黒小箱の『鍵』が入った小袋を下げている。描かれているのは『紅玉』だ。

後方には鋭い眼光と短い茶髪が特徴的な護衛の芽衣。明らかに俺を強く警戒中。……こいつはずっとそうか。

碗へ酒を注ぎ、気軽に答える。

「飲みながらでいいならな」

「ありがとうございます」

心底ホッとした様子で、皇妹は胸を撫でおろすと振り返り、護衛の少女へ指示した。

「芽衣、貴女は廊下で待っていて」

「！　お、御嬢様、その儀ばかりは。私の口から説明を――」「お願い」

暫しの沈黙が二人の間に降りた。外で降る雨音だけが響く。

しかし、決して気が強いとは思えない皇妹は視線を外さず。

——先に根負けしたのは芽衣の方だった。

頭を深々と下げ主へ同意を示し、次に俺をギロリ。

「畏まりました——……張隻影殿」

「大丈夫だ。そういう趣味はない」

「？　趣味？？」「……貴方様はっ」

わざとからかい混じりに答えると、意味が分からなかったらしい少女は不思議そうに首を傾げ、芽衣は殺気を滲ませた。

それでも「……失礼致します」扉は閉められ、護衛少女の影が離れていく。

「…………」

希望通りになっても、光美雨はその場を動かない。小袋を握り締め、幾度か口を開こうとするが視線を彷徨わせ、時折俺へ縋るような視線を向けてくるだけだ。

わざわざ白玲達がいない時にこうして訪ねて来たところからして、話したいことか俺に聞きたいことがあるだろうに。

俺は読みかけの古書を手にし、先程閉じておいた頁を開く。

旅人が武徳北方、数多の虎住まう山嶺『虎山』へ分け入る場面だ。

……近々此処を通るのかと思うと、気が滅入る。この一ヶ月、瑠璃の奴も手を回して、路や地図を作っているらしいがどうなることやら。虎、強いんだよなぁ。

前世の記憶を思い出しつつ、少女へ助け船を出す。

「時間、そんなにないからなー？　その表情から察するに、何かしら思いついたのかもしれんが……白玲達が戻って来たら心証最悪だぞ？　あれで怖いんだ、あいつ等は」

「！　は、はい。張隻影……殿」

「呼び捨てでいい。俺も呼び捨てにする」

「で、では、隻影さん、と呼びます」

何度も頷き、皇妹は俺の対面の椅子にちょこんと座った。

その双眸には今までなかった強い意志の光。

「昼間の話を私なりに考えてみたんです。一つ提案したいことも。ただ、その前に、貴方へ聞いてみたくて」

「……俺に？」

丸窓から湿った夜風が入り込む。

けれど、細く美しい髪が靡くのも構わず、少女は続けた。

「瑠璃さんが言われた『覚悟』の意味についてです。『皇妹』という立場と私の持つ『鍵』。そして、私が私の意志で動くかどうか。……ただ、他にも意味があるような気がして」

「ん？　ああ、そのことか」

光美雨はここに至り、自分で動く気になったらしい。瑠璃の含みにも気づいたか。

ただ――西域へやって来て約一ヶ月。護衛の芽衣と常に行動を共にしているこの少女は、白玲や瑠璃、オト、博文、香風とは余り会話を交えていない。

……あいつ等よりは多少与しやすい、と思われたのか？

碗を傾けると少女は大きな瞳を丸くし、興味深そうに尋ねてきた。

「もしかして……お酒ですか？」

「黒小箱を綺麗にしてくれた、細工職人の爺さんの手製だ。白玲と瑠璃には内緒だぞ？　オトにはバレてもいいが。約束出来るなら、少し噛み砕いて教えてやってもいい」

「い、言いませんっ！」

「よろしい」

少女は口元を両手で押さえ、勢いよく頷いた。

ずっと皇宮で過ごしていたせいだろうか、年齢よりも素直に過ぎる。芽衣が過度に心配するのも納得だ。畳んであった地図を机に広げる。

「昼間のおさらいだ。今の宇家と張家に、『臨京』を直接救う力はない――そいつは理解出来たな？」

「――……はい」

沈痛な面持ちで少女は顔を伏せた。

自分が王明鈴に借りを作ってまで、この地に来た意味を考えたのだろう。

俺は地図上の鷹閣と武徳を叩いた。

「同時に――【栄】がある内に戦況を変えなければ『西域』も近い将来併合される。『鷹閣』がどんなに峻険な地であっても、アダイの本軍に力攻めされたら抗しきれない。だからこそ、局面打開に『光美雨』と【伝国の玉璽】を使わないとならない」

「…………」

少女の華奢な身体と、袋を握る手が震えた。

膝上に黒猫が乗って来たので、俺は碗を置く。

「そうなった時、昼間の瑠璃も指摘したよな？　お前は世間からこう見える――『救国の英雄』って奴に。しかも、嘘か誠か【伝国の玉璽】付だ。その影響は、恐らく想像以上にでかい――『光美雨』っていう存在が独り歩きしちまうくらいにはな」

「……よく、分かりません……」

少女は力なく頭を振った。無理もない。

生まれながら救国の英雄を父に持った白玲。

故郷を滅ぼされ西冬を陰で支配する【御方】なる妖女に軍略を叩きこまれた瑠璃。

地獄のような西冬侵攻戦を生き延びたオト。

麒麟児たる王明鈴。


そんな連中と比べ、生まれが皇帝家であったとしても、目の前で懊悩する少女は平凡だし、歳相応だ。素直に評する。

「光美雨、お前はきっと善人なんだろう。故国を救う為、たった一人の護衛だけを連れてこんな地までやって来たところに鑑みれば、ある種の蛮勇も持ち合わせていると言ってもいい——そんな顔すんな。これでも褒めてるんだぜ？」

表情を歪めた皇妹を手で押し止める。

視界の外れを、椅子に立てかけてある【黒星】と【白星】が掠めた。

「が——世の中は善意だけで動いちゃいない。皇宮なんて魑魅魍魎の巣窟じゃ特にな」

千年前、王英風が呟いていた愚痴を思い出す。

『政治の場は陰惨だ。戦場の方が余程いい』

捻くれ者だった盟友に比べ……目の前で素直に俺の言葉を待つ少女は、人として純粋で、少しばかり真っ当過ぎる。

「うちのチビッ子軍師様は大陸でも屈指の軍略家だ。【白鬼】と【狼】共がいないのなら、少なくともこっち側の戦場では勝つ。そして、その勝利が天下に轟いた時――」

今晩初めて、俺は少女としっかり目を合わせた。

日頃、白玲達で見慣れているが――光美雨は幼いながらも美しい。

平穏な時代ならば『美姫』として史書にその名を残しただろう。

……香風の婆さんじゃないが、因果だな。一気に吐き出す。

「お前の兄である皇帝は、今度英雄となった『光美雨』に嫉妬するだろう。名将達を無為に殺した自分と常に比較されるからだ。皇宮内で封殺出来ても、民草の口を全ては閉じられない。必ず耳に届く。奸臣共の言葉にとかく流され易い性格を考えれば、憎しみすら抱くかもしれん。決死の行動が全く報われず、けなされ、実の兄に命すら狙われかねない『創られた英雄』となる……その『覚悟』をお前は本当に持っているのか？　瑠璃は暗にそう問いかけたんだろうぜ。用済みになれば、俺達だってお前の敵になるかもしれん」

「――ッ」

少女が蒼褪める。きっと想像したこともなかったのだろう。

黒猫が耳と尻尾を動かすや床に飛び降り、丸窓から外へ出て行った。白玲達が戻って来るようだ。

俺は炒った豆をまとめて食べ終え、手を払った。酒瓶に蓋をして戸棚へ。

背を向けたまま話しかける。

「あ～瑠璃や博文には怒られるかもしれんが……」

椅子の動く音がした。書物の陰に酒瓶を隠して、肩越しに提案する。

「護衛と一緒に西方の異国へ逃げちまう、っていう選択肢もあるんだぞ？　もしくは『鍵』を土産にアダイへ降るとかな。別に本物じゃなくても間違いなく厚遇される。あいつは無駄な殺生をしない男だ――何処ぞの皇帝陛下と違ってな」

「！　そ、そんなことっ……そんなことは…………できませんっ‼」

皇妹が血相を変えて立ち上がった。

双眸から大粒の涙が次々と零れ落ちていく。馬鹿にされた、と誤解したか。

俺は執務机に腰かけ、目を閉じる。

「【白鬼】の才は大丞相【王英】を超え、【狼】達の武も集まれば【皇英】に匹敵する」

思った以上に冷たく、重い言葉が室内に響いた。碗を持つ手も微かに震える。

何だ？　張隻影、怖がってんのか？？　お前も人のことを言えねぇなぁ。

目を開け、肩を大きく竦める。

「兵棋だったらもう詰みだ。もし逃げないのなら、お前さんはそんな化け物共と直接相対しなくちゃならなくなる。怖くなっても俺は責めないし、誰にも責めさせない」

ま、俺の場合は自分の生き死にじゃなく、白玲達を生き残らせる方が大事なんだが。

内心で自嘲していると、呆然としていた少女は小袋を胸に押し付けた。

「……貴方は……」

「ん？」

最後の酒を飲み干し、水入れから冷水を入れる。白玲にバレるとまずい。

光美雨が俺の傍へとやって来た。

――真摯な問いかけ。

「隻影さんは『覚悟』をされているんですか？」

何と素直な。明鈴が『**ちょっとだけ見所があります**』と俺に書いてきたわけだ。

あいつにも見習ってほしい。

『……せきえぃさまぁ……？』

脳裏で、年上の麒麟児様が大きく頬を膨らませた。お前とも会いたいな。

皇妹へ片目を瞑る。

「俺の姓は『張』。名は『隻影』」

前世の記憶はある。盟友達と天下統一を目指しただただ駆けし懐かしき日々も。

だが、今の俺は『張隻影』なのだ。

――『皇英峰』ではない。

「血が繋がっていなくとも、俺は天下にその名を轟かせた【護国】張泰嵐の息子であり」

立てかけてある【黒星】を手に、少女から数歩離れ――剣を抜き放った。

「ッ！」

切っ先を苛烈な運命を背負わされた、息を呑む皇妹へ突き付ける。

「張白玲を託された男だ。これ以上の答えが必要か――光美雨？」

風が古書の頁を勢いよく捲り、虎の絵を露わにした。

光美雨は大きな瞳を見開き、自分の小さな手を胸に押し付ける。

「いいえ……いいえ！　十分、です」

「そうか。上々だ」

黒剣を鞘へと納めると、雲の隙間から月光が差し込み少女を包み込んだ。

長い薄茶髪が光り輝く。

俺に絵心があれば、描きたくなる程の美しさだ。

——憂国の美姫、か。

ふと浮かんだ不埒な思いを打ち消していると「……美雨様」廊下から、芽衣が注意を喚起してきた。白玲達が出て来たのだろう。

俺は無造作に左手を振った。

「もう行け。逃げるのなら事前に伝えろよ？　手は貸してやる」

「はい。有難うございました。でも、逃げません。えっと……これを」

「うん？」

美雨は懐から紙を取り出し、差し出してきた。素早く目を通す。

——……ほぉ、こいつは何とまぁ。

「自分で考えたのか？」

「はい。奇ではありますが、戦局を考えれば絶対に不可でもないと。今晩ゆっくりと話す時間はなさそうなので後日、貴方や、張白玲さん、瑠璃さんの考えを聞かせてください」

深々と頭を下げ、少女はしっかりとした足取りで部屋の入り口へ。

そして、振り返り、大人びた表情で微笑（ほほえ）んだ。

「では、おやすみなさい。今日は有難うございました。えっと……『覚悟』が決まったら、貴方へ教えても、良いですか？」

「お〜。ま、後悔しないようにな」

扉が静かに閉まった。

芽衣（メイ）が美雨（ミウ）の影に駆け寄って行くのを確認した後、俺は託された紙に目を落とす。

……さて、どう白玲（ハクレイ）と瑠璃（ルリ）を説得したもんかな。

俺は碗（わん）の水を飲み干し、再び雲に隠れていく月へ目を細めた。

＊

ゆっくりと丁寧に、俺は白玲（ハクレイ）の美しい銀髪を後ろから櫛（くし）で梳（す）いていく。

椅子に腰かけ、嬉（うれ）しそうに足をブラブラさせる寝間着姿の少女は幼い頃から変わらない。

要は昔と変わらぬ朝の風景ってやつだ。手を止め、姿見（すがたみ）を動かす。

「良し、こんなもんだろー」

白玲（ハクレイ）は自分の髪を確認。少ししてお澄まし顔で頷（うなず）き、

「まぁまぁ、ですね――えへへ♪」

途中で口元を両手で覆った。満足したようで何より。

昨晩は日課の夜話も出来なかったせいか、朝起きた時は御機嫌斜めだったのだ。

椅子の上で寝ている黒猫のユイを一撫でし、白玲の寝台で依然として夜具に潜り込んだままの少女へ声をかける。

「お前もそろそろ起きろよー。朝飯に遅れるぞー」

「――……うぅ～」

くぐもった呻き。

夜具を纏ったまま、顔を覗かせた寝癖の凄い金髪少女――昨晩、双六で連戦連敗を喫し、俺達の部屋に居座った瑠璃が頭を抱えて、ブツブツと呟く。

折角一度起きたってのに強情な。

「違う。違うっ。わ、私は負けてないっ。負けてないんだからっ。白玲やオトはともかく、隻影に負けっ放しなのは世の理から外れているわっ！　あれは悪い夢っ‼　そうよ……きっと、もうすぐ目を覚まして、その暁には、意地悪隻影なんてけちょんけちょんに」

「朝から元気だなぁ、おい」

……神算鬼謀の天才軍師様や何処？

移動させようとすると子供みたいに愚図るし、今晩の対決も約束させられるだろうし、どうしたもんか。

ここはオトに頼んで――いや、朝から迷惑かけるわけにも。

呆れていると、白玲が左袖を引っ張り上目遣い。

「(……幾ら瑠璃さんでも、毎晩貴方と話せないのはイヤです……)」「…………」

凄まじい破壊力。

滅多に我が儘を言わない分、威力も増している。

『銀髪蒼眼の女は禍を齎す』

そんな古い言い伝えなんて嘘っぱちだな。

ま、今晩のことは今晩考えるとして――

「白玲、頼んだ」

「任されました」

櫛を手渡し、わざとらしく敬礼し合う。

俺がお茶の準備を始める中、白玲は椅子を移動させていく。

「瑠璃さん、ここに座ってください」「――ん～」

寝台上で懊悩していた仙娘はあっさりと要求に応じ、姿を現した。

こうして見ると、まるで仲の良い姉妹だ。

さっきまで寝ていた黒猫が伸びをし、左肩に飛び乗ってきた。

「お前もおはよう」

甘えた声で鳴いてきたので、撫でてやる。

敬陽(ケイヨウ)からここ武徳(ブトク)まで。こいつも奇妙な猫生を送っているもんだ。

「――あ！　昨日の内に着替えを朝霞(アサカ)から受け取るのを忘れていました。取りに行ってきますね。隻影(セキエイ)。上着借ります」

「お、おお」

瑠璃(ルリ)の髪を整え終えた白玲(ハクレイ)が声をあげた。

すぐさま、俺の許可なくかけておいた上着を手に廊下へ出て行く。

……いや、そこは自分の外套(がいとう)で良いんじゃ？

火鉢にかけておいた薬缶(やかん)からお湯を急須へ入れていく。

寒いのか、夜具を羽織った金髪の仙娘へ茶を淹(い)れた碗を手渡すと、左目にかかる前髪を弄(いじ)りながら、何でもないかのように口を開いた。

「で～？　皇妹の奇策については昨日の夜に聞いたけど、あんたにわざわざ会いに来た、本当の目的はなんだったわけ～？」

「っ！」

白玲と瑠璃には『紙を芽衣が持ってきた』としか話していない。何故バレた？

俺は平然と「あ、美味しい。隻影のくせに生意気ね」とお茶を飲む、金髪をおろしたままの軍師をまじまじと見つめた。

「あ～」

「当たりみたいね？　大丈夫よ、白玲には言ってないわ。……二人で足抜けしても良いって、伝えたんでしょう？」

狐尾の瑠璃、恐るべし。

小さな手をひらひらと振る仙娘の対面へ腰かける。

「……俺なりに伝えはした」

「そう」

素っ気ない反応に訝しむ。瑠璃は、『光美雨』と【玉璽】を積極活用しようとしていた。

美雨が逃げれば、それは策の崩壊を意味する。

が――宝石のような翠の瞳に変化はない。おずおずと問う。

「……怒らないのか？」

「『鷹閣』固守案が通った時にいなかったら怒るわよ。いざとなれば偽造出来る【玉璽】

はともかく、あの子にはいてくれないと分かり易い『旗印』がないもの」

頬杖をつき、唇を尖らす。確かに――宇博文の推す案を採用した場合、『光美雨』を旗印に掲げ兵を募らなければ、【玄】と【西冬】には対抗不能だ。

「でも、私の案――『敬陽』奇襲案が通るなら別にあの子は必須じゃない。必要なのはあんたと白玲よ。【玉璽】は欲しいけど。でも、それ以上に」

瑠璃は腰を浮かし、俺の耳元で囁く。


「(**『善良な働き者は有能と限らず。無能なら多くの害を為す』**――でしょう？)」


――【王英】の故事か。

今の光美雨に善性は認めていても、張家軍の軍師としての冷厳な見立ては別、と。

頬を突かれながら零す。

「怖い仙娘様め」

「あら？　身内にはとことん甘々だけど、そこに到るまでの人を見る目は、私なんかよりもずっ～と冷たい【今皇英】様に言われたくないわね。あんた、白玲はもとより、私や明鈴、オト、張、宇両家の面々に大きな害となるなら……あの子を切り捨てる気でしょう？」

「ぐぅ」

反論出来ない。手にかけようとは思わないが、放逐はするだろう。

あの皇妹殿下はいったいどんな『覚悟』を示すのやら。

廊下を軽やかに駆ける音と共に、銀髪少女が帰って来た。

「受け取ってきました。——隻影、瑠璃さん、どうかしましたか？？」

大きな蒼の瞳をキョトン。うちのお姫様には話せないな。

対して、瑠璃は素知らぬ顔になる。

「大丈夫、ちょっと脅迫をしていただけよ」

「あ、そうだったんですね。髪、結びます」

「お願～い」

「……おい、お前等様？」

今の会話、おかしくなかったかっ⁉

俺が抗議の声をあげる前に、扉が指で叩かれた。

お互いの髪を結び合っていた白玲達も手を止める。

「起きてるぞ」

「失礼します」

凛とした少女の声。

朝だというのに、金黄基調の正装に着替えた光美雨が芽衣を従えて部屋へ入って来た。

顔色はとても悪い。

白玲と瑠璃を一瞥するも怯まず、気丈に挨拶してくる。

「おはようございます。朝早くからすいません」

「おう、どうした？　ああ、まだ昨日の奇略についてなら」「違います。別件です」

美雨は俺の言葉を遮るや、首にかけていた小袋を外し、机の上へ徐に置いた。

とても澄み切った瞳だ。

「これからきっと忙しくなりますよね？　なら――一刻も早く黒小箱の中身を確認しておいた方が良い、と思ったんです」

「お、おう……」

不覚にも面食らう。いや、いきなり成長し過ぎでは？

白玲と瑠璃が目で問うてくる。

『隻影、どうなっているんですか？』『話が違うんじゃない？』

確かにその通り。だが――必要なことではある。

俺は大きく肩を竦め、机上の黒小箱を動かし、皇妹へ頷いた。

「有難うございます。では――開けてみます、ね」

美雨の手が震え、後方で控える芽衣の顔も強張っている。白玲と瑠璃は興味深げだ。

黒小箱の穴に小さな【黒鍵】が差し込まれ――回された。

カチリ、と涼し気な音を立て小箱が開く。

『っ！』

少女達が息を呑んだ。

中に入っていたのは、掌に乗る程の大きさの金印。錆も傷もなく持ち手の部分には皇帝の象徴たる『龍』。

――間違いない。

千年前、俺や王英風と共に天下統一を目指した盟友、煌帝国初代皇帝、飛暁明の使いし【玉璽】だ。

「はぁ……伝承通りですね。芽衣」「は、はい、美雨御嬢様」

深い息を吐き、皇妹が護衛の少女を呼び、白布を受け取った。

俺と視線を合わす。

「一晩寝ずに考えました。考えて、考えて、考えて……決めました」

この瞳の光は幾度も見た記憶がある。

戦場で命を懸けた連中のそれだ。

白布に【玉璽】を包み、光美雨が両手で差し出してきた。

「張隻影。この【伝国の玉璽】を貴方に渡します。これが……私の『覚悟』です」

緊張の限界だったのだろう。

そこまで言うと、少女はポロポロと大粒の涙を零し始めた。

「お願いします。私はどうなっても構いません。たとえ、兄上に憎まれても……命を狙われても……【栄】を！　私の故国を‼　どうか、どうかっ！　……救ってください……」

「…………」

気に喰わない。全くもって気に喰わない。

そもそも、俺は英雄なんぞになりたいわけじゃないのだ。だが同時に。

「阿呆」

俺は目の前で涙を零す少女の額を、ほんの軽く手で打った。

次いで、白布を押し付ける。

「きゃう……隻影、さん？」

瞳を瞬かせた美雨は困惑し、俺を見上げた。

小箱の中に懐かしき【玉璽】を納め、人差し指を立てる。

「こんなおっかない代物をあっさりと渡そうとすんな。それを渡されて喜ぶのは悪巧みが大好きな瑠璃とか、博文とか、明鈴とか、瑠璃とかだ」

俺は事実を教えてやり、後方で威嚇してくる芽衣を目で抑えた。

皇妹が呆気に取られる中、瑠璃が腕組み。

「喧嘩なら買うわよ？」

「双六で勝負をしてやろう。因みに今までの戦績は後日、明鈴にも報せるつもりだ」

「悪人っ！　大悪人っ‼　文官落第っ‼」

金髪を逆立たせながら、唯一使える方術だという黒い花を撒き散らし、うちの軍師様は咆哮した。ふっ、勝った。

光美雨と目線を合わせる。

「お前の『覚悟』は受け取った。力になることを約そう。――良いよな？」

「はい」「宇博文の説得はあんたがしなさいよ？　オトもだけど」

白玲は何時ものように微笑み、瑠璃は前髪を弄りながらそっぽを向いた。

博文はともかく、オトの説得は骨が折れそうだ。

薄茶髪の少女へ手を伸ばす。

「艱難辛苦の路にようこそ！　光美雨。歓迎はしかねるが、自分で決めたんだしな。餞別代わりに先達としての忠告だ。面倒事や苦手な事は、頭と要領が良い連中に全部押し付けて、責任だけは自分が取れ。それで九割方は問題ない」

「は、はいっ！　が、頑張り――」

直後、く～、と可愛らしい音がした。

見る見る内に頬を染め、美雨はその場にしゃがみ込む。

「……あうううう～……」

「「――ぷっ」」

室内に笑い声が起こった。あの芽衣ですら、微かに相好を崩している。

俺は恥ずかしそうに頭を抱える光美雨へ片目を瞑った。

「朝飯にしようぜ。腹が減っては何とやら、だ。美雨の提案してきた奇略――『二人の皇妹』についても話さないといけないしな」

*

「陛下！　どうか……どうかお願い致します。臣に今一度、『西域』攻めを御命じくださいっ！　次こそは必ず、張隻影を討ち果たして御覧にいれますっ‼」


先頃、【玄】に併呑されし水州の中心都市『楚卓』。

その郊外に築かれた本営に、私——西域で一敗地に塗れるも、直言したい儀があり独断で帰還した、オリド・ダダの声が響き渡る。

夜間だというのに集まった諸将は不安気に沈黙している。当然だ。

何しろ——

「オリド、頭を上げよ」

「……はっ……」

幾多の戦場を越えてなお、身体が緊張を覚える。

顔を上げると、玉座に座られていた偉大なる【天狼】の御子——アダイ・ダダ皇帝陛下が細く女児のような手を掲げられた。

長く美しい白髪が灯りの炎で煌めき、この世のものとは思えぬ程美しい。

後方で護衛に当たっている黒髪巨軀の男は【黒狼】のギセン。我が軍最強の男だ。

「先の『十騎橋』における敗戦と老ベリグの死は、お前の忠と勇を過小評価した私の不明である。既に西域侵攻軍を指揮する『千算』のハショへ命を発した。**『前線を維持し、敵軍を鷹閣にて拘束せよ』**と。そして――その中にはお前とお前の軍も含まれている」

「……理解しております」

本営内の空気がますます重苦しくなった。

戦場離脱は敵前逃亡に匹敵する大罪。

如何に先んじて書簡を送っていたとしても……私が陛下の従弟であろうとも、罰は免れまい。


最悪の場合、自死を賜る可能性すらあろう。


それは構わない。功を焦り、多くの兵を無為に死なせた愚かな将は、偉大なるアダイ陛下の幕下にいてはならない。

まして……陛下にとっての『皇英峰』などと口が裂けても二度と嘯けぬっ。

だが、しかしっ！

張隻影と直接戦い、幼少より仕えてくれたベリグの命と引き換えに生き残った私には、謂わねばならぬことがあるっ‼

陛下が白き眉を動かされた。

「お前の書簡は読んだ。理由を述べてみよ。何故そこまで、張隻影に固執するのだ？」

「──……それは」

口の中が渇き、情けなくも身体が震える。

言え、言うのだ、オリド！　ベリグ爺がお前を生かしたは、今この時の為ぞっ‼

息を吸い込み、一気に言い切る。

「この天下において、彼の者こそ陛下に敗北を齎す『敵』となり得る為です！」

本営内がざわついた。

今は亡き張泰嵐ならいざ知らず、その遺児にそこまでの力があるや？

肘をつかれた陛下に対し、私は声を張り上げる。

「今の彼奴は若年。全盛は先でしょう。然しながら！　既に多くの勇将を討ち果たし、

【天剣】の一振りだと噂される黒剣を振るうその姿……。将兵の中には【今皇英】と畏れる者も増えております!!　刃を交えた身共としましても、その評に疑いは覚えませぬ」

胸に激しい痛みが走った。

──【今皇英】。

私がその称号にどれ程焦がれて来たことかっ。血反吐を吐く思いで跪く。

「今ならばっ！　今ならばっ!!　大兵を持たぬ彼奴を討つこと、難しくありませぬ。願わくば今一度、どうか──どうかっ……臣にその役をお与えくださいますよう………」

今度こそ、本営が静まり返った。

将を取り纏める老元帥ですら、言葉を発しようとしない。

現在、軍主力は【栄】の首府である『臨京』へ向け進軍中。

そんな中で兵を更に張家軍征討へと割く？

兵理としてはあり得ず、以前の私ならば反対の急先鋒に立っただろう。だが。

「──フッ」

突如、陛下が笑みを零された。

酒杯を飲み干されるや立ち上がられ、荒々しく床に叩きつけられた。

その瞳にあるのは、まごうことなき歓喜。

雪のような白き肌は薄(う)っすら紅(あか)く染まっている。

「面白いではないか。そうであるならばなおのこと、静かにさせておくとしよう」

「陛下っ！」

今すぐにでも奴(やつ)を討たなければ、大敵に……本物の【今皇英】になりかねぬ。

アダイ陛下が敗れずとも、味方の被害が大きくなることは必定！

翻意を――。

「が、お前の直言もまた忠である」

私が言葉を探し出す前に、陛下が口を開かれた。

硝子(ガラス)の破片を踏みしめられ、不敵に笑われる。

「オリド・ダダ。現時点を以(もっ)て『西域』での任を解く。本営に留(とど)まり私の隣で、かつてあれ程強大だった【栄(エイ)】が滅びる様を共に見よ」

「！　畏れながら、それではハショが前線で苦労を……」「ギセン」

元より頭の出来が違い過ぎる。

私が不敬にも反撥(はんぱつ)する前に、陛下は偉丈夫の名を呼んだ。

「これまでの先鋒、真に御苦労だった。『黒槍騎』を連れ『鷹閣』へと向かい、ハショの指揮下に入れ。どうも徐家の雛鳥の様子が少しばかり奇妙でな。そちらの確認が済み次第【白狼】と『白槍騎』も増派しよう」

「――御意」

我が軍最強の【黒狼】と『黒槍騎』だけでなく、それに次ぐ【白狼】と『白槍騎』をも前線より引き抜かれると⁉

余りの果断さに言葉を喪っていると、戦死したベリグの兄たる老元帥が進み出た。

「畏れながら……既に軍は大水塞をその槍先に捉えつつあり。決戦の戦機が熟しつつある中で、先鋒の両将を引き抜かれるのは些か……」

「爺、結果の見えているつまらぬ戦ぞ。良い機会だ。皆、これを見よ」

張隻影の話題とは打って変わり、つまらなそうに陛下は従者へ指示を出された。

すぐさま書簡が机上に広げられる。

『っ⁉』

歴戦の諸将は即座にその内容を理解し、絶句した。

まさか――都の『鼠』が徐家の『雛』を誑かしたっ⁉

しかも、何処にどの将や名のある者がいるのかすら、ほぼ全てが把握されている。

【護国】【鳳翼】【虎牙】といった名将達と、それに次ぐ良将達を喪ってきた【栄】は、最早人材を有していない。

我が軍内でも知られる将としては、大水塞を固守する岩烈雷くらいであろう。

……悪名ならば、禁軍元帥である黄北雀なぞもいるが。

アダイ陛下は玉座に座られ、両手を組まれた。

「強固な堤も一穴で崩れる──既に【栄】の命運尽きたり！」

嗚呼……真に恐るべし。

我が主こそ、かの【王英】すらも超える真の英傑なのであろう。

諸将も私と同意見であったようで次々と片膝をつき、頭を垂れた。

託宣が神々しく響く。

「今の我等が多くの時間を割き考えるべきは、『臨京』を落とした後の話だ。『南域』へ進むか。『西域』へ進むか。それとも──」

ご尊顔を拝してはいない。然しながら、血族でもある私は確信していた。

今の陛下は心から笑われると同時に……隠しようもない憎悪を表に出されている。

いったい誰に対して？　不安が胸をざわつかせる。

威厳ある声が耳朶を打つ。

「張家の遺児共と決着をつけるか」

『**偉大なる【天狼】の御子、アダイ皇帝陛下、万歳っ！　万々歳っ!!**』

諸将の一斉唱和が、本営を震わせた。

……これで、良かった、のか？

顔を上げると、陛下は朗らかに私を手招いた。

「では、従弟殿、先の戦の話を聞かせてくれ。お前が気にする――【双星の天剣】振るいし張隻影と銀髪蒼眼の女の話をな」

第二章

清々(すがすが)しい陽光の下、小舟は狭い水路を滑るように進んで行く。

時折、跳ねる魚や低空を飛ぶ水鳥達。蔦(つた)に覆われた両脇の古めかしい石壁に僕——徐勇(ジョユウ)隼(シュン)はワクワクしてしまう。

南域の中心都市『南師(ナンスイ)』は水と共にある。

都市全体に網の目の如(ごと)く水路と橋が張り巡らされ、首府『臨京(リンケイ)』建設の参考にされたことでも名高い。

けれど、僕は今までずっと書物ばかり読んでいて、護衛も付けずに屋敷(やしき)を出ることなんか、今まで殆(ほとん)どなく……目に映るもの全てが気になってしまう。

父上が若い頃に使っていた大きな外套(がいとう)の袖を握り、舳先(へさき)から周囲をキョロキョロ眺めていると、後ろで櫂(かい)を動かしていた外套姿の長い黒髪美女に優しく注意される。

「勇隼(ユウシュン)様、此処(ここ)より先、少々揺れるかもしれません。縁にお掴(つか)まりください」

「あ……は、はい。すいません。静(シズカ)さん」

子供のようにはしゃいでいた自分に赤面する。

今日、僕が屋敷を抜け出して来たのは、静さんの主である王明鈴殿と交渉を行う為なのだ。気を引き締めないと。

くすくす、と上品に笑われた静さんは優美な動作で櫂を動かされた。

ゆっくりと小舟が方向転換し、新たな水路へと進入を開始。

随分と長い間放棄されていたのか、頭上には植物の太い枝がはみ出し、陽光だけでなく、市内の喧騒すらも遮り、聴こえない。

進路上には朽ちた金属製の柵。建物内にまで水路を引きこんでいるのだ。

僕も徐家の台所事情を知る身。それを成す為にかかった銀子を自然と計算してしまい戦慄する。余程の無理をした筈だ。

小舟が進んでいくと、薄暗かった視界は開けていき――

「す、凄い……」

目の前に見事な庭園が現れた。

鬱蒼とした外見と異なり、明らかに人の手が入っている。

これだけの種類の花々が咲く場所があるなんて……。

「今より百年程前、南洋貿易で巨万の富を成した商人が精魂を込めて造られた、とうかがっております」

興奮する僕へ静さんが丁寧に教えてくれる。

……いけない、いけない。落ち着かないと。

咳払いして、肩越しに質問。

「こほん――その商人は今何処に？」

「存じ上げません」

「…………」

没落してしまったようだ。兵站業務の合間に調べてみようかな？

そんなことを考えている間に、小舟は石製屋根を持つ六角形の小島前に停止した。

低い階段は綺麗に掃除され、その奥では橙帽子を被り、栗茶髪を二つ結びにした美少女が動き回っている。

歳は僕と同じ位だと思うが、その……橙基調の服越しの胸がとても大きい。

「勇隼様、御手を。足下にお気をつけください」

手早く小舟を係留した静さんが岸に降り立ち、手を伸ばしてきた。

「あ、ありがとうございます」

慌てて御礼を述べ階段へ。

　すると、栗茶髪の美少女が気付いて振り返った。後方には大理石製だと思われる机と、その上には幾つかの急須と白磁の碗が並べられている。

「あ、静～。おかえりなさい～」

　栗茶髪の美少女は嬉しそうに静さんへ抱き着いた。

　それを自然な動作で受け止めた黒髪の美女が、僕へ視線を向ける。

「ただいま戻りました。勇隼様、主の明鈴でございます」

「！　じ、徐秀鳳が次子、勇隼です。この度は無理な申し出を聞いていただき、病床に臥す母に代わり御礼を――」

　ま、まさか、こんなに若いなんて。てっきり従者の一人かと。

　静さんから離れ、栗茶髪の美少女が丁寧に返礼をくれる。

「お初に御目にかかります、王仁が娘、明鈴です。尤も今は勘当中ですが★」

「は、はぁ」

　一転、天真爛漫な笑み。勘当って……。

　僕が戸惑う中、明鈴さんは楽しそうに白磁の碗へ次々とお茶を注ぎ始めた。随分と手慣れているようだ。

　もしかして……お茶の銘柄を当てる『闘茶』？

栗茶髪の美少女が振り返り、一つ目の碗を差し出してきた。

「勇隼様、喉がお渇きでしょう？　堅苦しい挨拶はこの辺にして——ま・ず・は♪」

「い、いただきます」

思わぬ圧力に負けてしまい、一口飲む。

——爽やかで、とても美味しい。

思っていた以上に緊張していたらしく、用意された四碗を僕は次々に飲み干した。

両手を合わせ、明鈴さんが聞いてくる。

「さ、お答えをどうぞ♪」

「……一番左のものが海月島産だと思います。つい先日、兄と飲んだので」

口を開くと、胸に微かな痛みが走った。

僕は今日……兄を、徐飛鷹をある意味で裏切りに来たのだ。

感情を表に出さないよう努力し、頬を掻く。

「何分無教養でして、それ以外はどれも美味しい、としか。お恥ずかしい話です」

「ふむふむ～ありがとうございます☆」

何がそんなに楽しいのか、明鈴さんは満面の笑みを浮かべ、その場で軽やかに回転した。

豊かな胸を張り、碗を片付けられている静さんへ幾度も頷く。

「うんっ！　やっぱり、普通は産地まで当てられないのよっ。隻影様がおかしいだけ。つまり、私は負けていないわっ‼」

「……隻影？」

もしかして、張家のだろうか？

『あの方の名は遠からず天下に轟くだろう。私とは器が違い過ぎる』

西冬から帰還した頃、兄からそう何度も聞かされた。

僕が反応するや、明鈴さんは両頰を薄っすらと染め、早口で話し始める。

「張隻影様――私の旦那様になる御方です。誰よりも格好良くて、誰よりも優しくて、天下で一番御強くて……。嗚呼！　なのにどうして、私はあの御方と離れ離れに？　遠恋が二人の愛を燃え上がらせるにしても、指折り数えてみるともう半年！　半年もお会いしていません。先日、手紙と『特別な贈り物』を持たせて『西域』へ使者は送りましたが……天帝の贔屓が過ぎます。きっと今頃、忌々しい張白玲さんは事あるごとにお澄まし顔で隻影様へ抱き着き、あんなことやこんなこと、はたまた――むぎゅ」

「明鈴御嬢様、その辺で。勇隼様が怯えておられます」

気配無く背後に回り込み、少女の口を静さんが手で塞いだ。

呆気に取られる僕へ、お澄まし顔。

「申し訳ございません。不治の御病気なのです。張家のお話はご内密に願います」

「は、はぁ……」

王家が張家と昵懇の仲だとは父上からも聞かされていたけれど、ここまでとは。

――張隻影、どんな人なんだろう？

僕がまだ見ぬ若き英雄へ思いを馳せていると明鈴さんは身を捩り、拘束から抜け出した。

子供のように頰を大きく膨らませる。

「ぷはっ。……静ぁ……？」

「御客様の前でございます。加えて『西域』へついて行かれない選択をされたのは、御嬢様御自身であったかと」

「それは、そうだけどぉ。会いたくなるのは仕方ないじゃない。手紙にたくさん書いたけど、きっとこの想いは伝わらないし……」

そっぽを向き、切なそうに手で髪を押さえた。

この人、本当に張隻影様のことが好きなんだな。

加えて彼の人は死んでおらず西域へ逃れた、と。僕達にとって都合が良い。

新情報を脳裏に刻み込んでいると、小さな橋を渡り、可愛らしい女官服の少女がやって来た。腰には短剣を提げている。

瞬間――心臓が跳ね上がり、思考が霧散した。

小さな顔と均整の取れた肢体。肩までの薄灰髪。年齢は僕よりも下に見えるけれど、凛(りん)とした光を宿す大きな瞳は力強い。まるで夜空に輝く星のようだ。

こ、この子はいったい。

初めての経験に大混乱中の僕へ会釈(えしゃく)し、少女が明鈴(メイリン)さんへ報告する。

「明鈴(メイリン)御嬢様、彩雲(サイウン)様がお見えです」

「ありがとう～春燕(シュンエン)」

「はい、お任せください」「…………」

年相応の微笑に心の臓を貫かれ、その場で悶(もだ)えそうになってしまう。

この場にいるらしい『彩雲(サイウン)様』と呼ばれた人物のことを聞かないといけないのに……ただただ、離れて行く春燕(シュンエン)という名の少女の背を追ってしまう。

ぼ、僕は、いったいどうなってしまったんだっ⁉

そんな僕へ明鈴(メイリン)さんがにこやかな顔で近づいて来た。

「張白玲(チョウハクレイ)さんから預かった子です。後で紹介致しますね♪」

「っ！　い、いえ……」

しどろもどろになりながらも、否定の言葉が出てこない。

……この状態、書物で読んだ。

僕はあの子に一目惚れをしたみたいだ。

「勇隼様、どうぞ」

すっ、と静さんがお茶の注がれた碗を差し出してくださったので「あ、ありがとうございます」頭を下げて一気に飲み干す。

落ち着かないと。こんな様じゃ交渉もままならない。

ニヤニヤ顔をしていた明鈴さんが目を細めた。

「ああ——来られましたね」

先程、春燕さんが歩いて来た小橋を渡って来たのは、豪奢な白色基調の服を着た、妖艶な長身美女だった。肩までの黒髪で耳には真珠の耳飾り。後方に従えている若い薄茶髪の女官は腰に厳めしい長刀を提げ、眼光も鋭い。どちらも只者じゃない。

そこでハタと気づく。

——『彩雲』？　そうだ、張彩雲！

今は亡き張泰嵐様の義姉上で、張家の裏向きを統べられていたという傑物だ。

南域に逃れられていたのか⁉

思考が覚醒し、身体が強い緊張を訴える。無意識に碗を握りしめる手に力が籠った。

明鈴さんとの交渉だけでも、僕の手に余るのにっ。

小島へ到着した美女が机の脇に寄せられた茶器を見て、呆れる。

「明鈴。また客人に『闘茶』を仕掛けていたの？　結果は？」

「彩雲様、私の勝利です。これでまた隻影様が変だと証明されましたっ！　あ、例の軍旗ですが使者の空燕に早速託しました。ありがとうございました♪」

栗茶髪の少女は両腰に手を置き、高らかに宣言。被害者は僕だけじゃなかったらしい。

それと……『軍旗』？　使者の名前からして、春燕さんの親族だろうか。

美女は口元を押さえ、慈愛の視線を注ぐ。

「フフ——貴女は本当に隻影が好きねぇ」

「はい！　大好きです‼　今すぐにでもお嫁へ行きたいと思っています。その時はご協力を是非是非、お願い致します♪」

「それは、うちの姪っ子に本気で恨まれるし難しいわね。あの子も隻影が大好きだから」

軽く窘めた美女が僕に向き直り、目を細めた。

自然と背筋が伸び、言葉を待つ。

「徐勇隼？　大きくなったわね。秀鳳にそっくりだわ。張彩雲よ」

「！　僕を知っておいでなのですか？」

生まれて十三年。

この地を離れた記憶はない。身体も弱かったし、屋敷の外に出た記憶も数える程だ。

驚いていると、彩雲様は薄茶髪の女官が引いた椅子に腰かけ、長い脚を組まれた。

北の空を見つめられる。

「貴方が小さな頃、『臨京』で。良き時代だったわ。――さ、座って。夕霞、誰も近づけさせないでね」

「静、貴女も念の為にお願い～」

「「畏まりました」」

ほぼ同時に礼をし、静さんと夕霞と呼ばれた女官は小橋を渡っていった。

明鈴さんに目と手で促され、空いている席へ腰かける。

「早速ですがぁ～――徐飛鷹様は随分と危ない橋を渡ろうとされているようですね？」

「……お耳が早い」

目の前に置かれた新しい碗へお茶を注ぎ入れながら、栗茶髪の美少女はあっさりと本題を提示してきた。冷や汗が頬を伝う。

……素直に話すしかない、か。

膝上に両拳を握り締め、瞑目する。

「兄が帰還した翌朝の話です。突然、『遠征用兵站』を急ぎ準備するよう、強く命じられました。詳細は教えてもらっていませんが、あの要求量、馬鹿でも気付きます。兄は……飛鷹は本気です。本気で『臨京』へ進軍するつもりです」

「剣呑な話ね」

彩雲様がお茶を飲まれ、零された。

――剣呑。正に剣呑だ。

怖い怖い【白鬼】に率いられ、大河を越えやって来た馬人達――人の肉すら喰らうと噂される【玄】の大軍と、それを迎え撃つべく大水塞に集結中の友軍。

そこへ内実はガタガタな徐家軍が都へと進軍する。

書物が指し示すのは――分かり易い『謀反』のそれでしかない。

だが、史実において『漁夫の利』が成功した例は恐ろしく少ないのだ。

そのことを知らぬ兄上ではないだろうにっ！

明鈴さんが砂糖の塗してある棒状の揚げ菓子を摘まんだ。

「勇隼様は私達に何をお望みなのでしょうか？　貴方様は、徐家の兵站統括者とうかがっております。……老宰相閣下暗殺の犯人へ物資を融通せよと？」

「本当に……何でも御存知なのですね。確かに兄は大きな過ちを犯しました。『都』へ進軍したとて、碌な結果にはならないでしょう」

隻影様の話をしていた先程とは打って変わり、百戦錬磨の商人の顔になった明鈴さんへ、僕は頭を振った。兄が望む兵站物資集積の目途は既についている。

──僕と母上が求めるものは別なのだ。

揚げ菓子を齧ると、砂糖の甘さが舌の上に広がり、奇妙な香りが鼻をついた。

一気に言い切る。

「ですが、見捨てることは出来ません。僕は最後の最後まで付き合うつもりです。兵達を一人でも多く救わなければなりませんし」

「たとえその先に──」「破滅が待っているとしても？」

明鈴さんと彩雲様の真摯な言葉が胸を抉る。

……破滅。

そうだ。徐家は遠からず破滅する。祖父母が、父と母が慈しんだ『南域』も滅びる。

だけど、それでもっ。

僕は無理矢理笑みを作り、薄い胸を叩いた。

「ええ。僕は徐飛鷹の弟ですから」
両親を喪った僕に、兄は本当の弟として接してくれた。
それは心に大きな傷を負われ、目が曇り切った今でも変わらない。僕が自身を裏切ると
は、考えられたこともないのだ。
国と愚劣な皇帝に忠節を誓われた【護国】張泰嵐様ですら、処刑されてしまう世の中
にあって……一人くらい、こんな馬鹿がいてもいいだろう。
胸のつかえが取れ、朗らかに願う。
「けれど同時に――まだ幼い妹の花琳や、仕えてくれている者の子等を巻き込みたくはあ
りません。これは祖父母も母も同じ意見です。貴女方には妹達の庇護をお願いしたいので
す。報酬は言い値で構いません」
二本目の菓子を口に放り込む。変わった味だけれど、癖になる。目線を動かすと、春
燕さんが女官と楽しそうに話しているのが見えた。
「事情は理解したわ。力を貸してあげてもいい。けれどその前に――」
「飛鷹様を裏で誑かしている者について、調べてみる価値があります」
暫くして、彩雲様と明鈴さんが口を開いた。
心底ホッとすると同時に……えっ？　『誑かしている者』？？

胸の前で両の指をつけ、少女が楽しそうに顔を綻ばせた。

「さ――兄上のこと、詳しくお話しください。三人寄れば、と申します。何か良い考えが浮かぶかもしれません。その後でなら春燕の話もたっぷりとしてあげます♪」

＊

「兄上、此処にいらっしゃったのですか。探しました」

朝霧に沈む西域防衛の要たる『鷹閣』第一城楼。

その見張り台で眼下の街道を観察していた私――宇博文の背に声をかけてきたのは、妹のオトだった。軽鎧の上に外套。傍らの椅子に置いたのは張家から持ち込まれた円匙だ。

次いで、外套を頭から羽織った女も階段を上がってきた。中の服には本来、皇族しか許されぬ金と黄。表情は分からないが、酷く緊張しているようだ。

許可を待たず隣に立ったオトを一瞥し、私は狭隘な街道へ視線を戻した。

白い霧の先に存在する敵軍は依然として見えない。

「随分と早いのだな」

「目が冴えてしまって。それに兄上は俊兼爺と兵站用街道の件を話し合って、『武徳』へお帰りになってしまわれると思ったので」

「……ふん」

確かに、鷹閣を守る老将、姜俊兼との軍議を昨晩の内に終え、すぐにも武徳へ戻ろうとは思っていた。

先の戦でこそ指揮を執ったものの、そもそも私に武才はない。

前線は練達の俊兼と父から溢れんばかりの才を受け継いだオト。

──そして、後方で頬を引き攣らせている短い茶髪の少女に任せるべきなのだ。

張隻影が軍を率い武徳を出陣する前夜、酒の席で受けた諫言が思い出される。

『不得意なことをすんのはもう止めとけ。そういうのは最後の最後──責任を抱え込む時だけにしろ。お前が後方兵站を担う限り、宇家軍はそうそう負けねぇよ。オトと姜の爺さんは【玄】でも食っていける将だし……光美雨の奇略も存外に効くだろう。うちの軍師様の御墨付だ』

そうか、妹にいらぬ知恵をつけたのは。

腕を組み不満を吐露する。

「……ふんっ。お前が師事する自称仙娘の軍師殿は少し厄介過ぎるな」

「日々勉強させていただいております。……今回の決定は不本意ですが」

妹は仙娘から預かった遠眼鏡を手にし、覗き込んだ。

未だ張隻影達に置いて行かれたことが不服らしい。

霧の中では素早く何かが動き回っている。敵の軽騎兵だろう。

外套姿の女――光美雨に扮した芽衣が「ッ!」ますます顔を強張らせた。多少の戦闘経験はあっても、大軍同士の戦いは初めてなのだろう。

『要は私が……憂国の念を持ち、天下に兵を募る皇妹が二人いれば良いと思うんです。一人は打って出る張家軍と行動を共に。一人は西域に残り、最前線で字義通りの旗印役として、兵を鼓舞します』

『加えてそこに、光美雨の直筆と【伝国の玉璽】を捺した檄文よ。北と西でばら撒けば、相当な効果を得られるでしょうね。私達の居場所の攪乱にもなるし?』

真剣な表情の皇妹殿下と、最後の作戦会議中にあって、悪辣な笑みを絶やさなかった金髪の仙娘軍師が思い出される。

臨京救援に固執されていた皇妹殿下が自らこのような奇略を考案しただけでなく、剰え! 自ら張家軍と行動を共にされようとはっ。世は複雑怪奇に満ち満ちている。

ただ、芽衣には同情する。『皇妹の影武者』として振舞う。死んでも御免だな。

遠眼鏡を下ろし、オトが淡々と分析する。

「【西冬】の軽騎兵ですね。何時も通り、此方の射線までは前進してきません」

「あくまで我が軍を牽制するのみ、と」

先の侵攻以降、敵軍の動きは極めて低調だ。

陣を構築し、我等が中原へ打って出るのをただ妨害するのみ。

いや……それだけで十分なのだ。時は奴等の味方なのだから。

嘆息し、髪を掻き乱す。

「……軍才に乏しい私とて、こうして直接現実を見れば理解する。お前が敬愛して恥じぬ仙娘の案は正しい。如何に可能性が低かろうと打って出なければ何れジリ貧。『臨京』が陥落した後、圧倒的な大軍で『鷹閣』を突破されてお仕舞いだ」

「瑠璃様と白玲様は凄い御方なので。……隻影様は本当に意地悪ですが。『**オトと古参の連中は残ってくれ。そうじゃないと俺が不安になるからな**』だなんてっ。そんな風に皆の前で言われてしまったら断れません」

私の妹は身内贔屓抜きにしても極めて聡明だ。武才に恵まれ、容姿も端麗。我が妻や幼娘などもぞっこん。亡き父上もその将来を楽しみにしていた。

が――今、隣でむくれている少女は歳相応にしか見えんな。

私はわざとからかう。

「ふん……まだ拗ねているのか？　お前とて張隻影の言を最後には受け入れ、納得したのだろう？？」

すると、オトは頰を更に膨らませた。外套を手で意味もなく払う。

「す、拗ねてなどっ！　ただ……冷静になって考えると、あれが隻影様の何時もの手では？　と。いえ、確かに火槍は攻撃よりも防御に向いています。ですが……我が隊に組み込まれていた子豪達は参加し、私達は『鷹閣』居残り。釈然とはしません」

「……ふむ」

懸案について話しておく頃合かもしれぬ。

御祖母様と我が妻も賛同し、後は妹の意思次第なのだが、この分ならば。

「オト、お前は幾つになった？」

「……兄上。妹の歳まで忘れたのですか。十五です。それが何か？」

オトは怪訝そうにしながら、足下の兵達へ手で指示を出した。皆、手に火槍や弓等の遠距離武器を持っている。

私は腕を組み、重々しく名を呼ぶ。

「そうか、ならば良かろう——虎姫(トラヒメ)」

「兄上？」

突然幼名を呼ばれ、妹が不思議そうに小首を傾(かし)げた。

目を合わせ、勧告する。


「嫁に行け」


丁度良い機で風が吹き、私達の外套を揺らした。

宇(ウ)家の重大事を図らずも聞かされた芽衣(メイ)は驚き「…………」賢くも沈黙する。

対して、怪訝そうに妹は目を細めた。

「…………兄上、冗談に付き合っている暇は」「冗談などではない。本気だ」

私は言葉を遮る。

「考えてもみよ？　天下は大いに乱れている。【栄(エイ)】は今や風前(ふうぜん)の灯(ともしび)。首府に迫られ、乾坤一擲(けんこんいってき)の決戦も近かろう。しかし、その中にあっても我等は生き残らなければならぬ」

「……それと……その、私の婚儀が結びつかないのですが……」

黒の前髪を指で弄(いじ)り、オトは視線を逸(そ)らした。

不安、不平、困惑。

ふむ……妹の心の動きがここまで分かったのは初めてかもしれんな。

愉快な気持ちを表に出さぬよう努力しながら、揶揄する。

「お前は妙な所で勘が鈍くなるな。私は――**『張隻影に嫁げ』**と言っているのだ」

「〜〜っ！？！！！」

瞬間、オトは瞳を限界まで見開き、フラフラと後退した。

両手を振り回し、錯乱する。

「なななな、何を言っているのですかっ⁉　わた、私が、隻影様になぞ……。そもそも、あ、あの御方には白玲様がいらっしゃるのですよっ！」

「当家と張家が互いに生き残る為には関係を濃くせねばならぬ。お前とて、奴ならば構わぬだろう？　あくまでも『将来的にそのような話もあり得る』ということだ」

――【白鬼】アダイ・ダダが率いる【玄】帝国は強大。我等が生き残れる目は薄い。

けれど、人には如何なる時であっても希望が必要だ。少なくともこの話を聴いた兵や民達は喜ぼう。

ふんっ。そういえば出陣前に張隻影も同じようなことを言っていたな。まぁ、奴にはまだ婚儀の話はしていないが。

オトは口を幾度か開けるも、何かを呑み込み、息を吐いた。

「——……ここだけの、戯言としておきます」

「心外な。妹の幸せを祈る心がこの私にもあるのだぞ？」

最悪の場合、私の首一つで事を収める覚悟はとうの昔に出来している。風聞の限り、【白鬼】は女子供を虐殺する男ではない。大袈裟に両手を動かす。

「まぁ、どれもこれも『西域』の、民の安寧の為だ。生き残れるのなら、なりふり構わず、何でも使わせてもらうとしよう。無論——貴女もそれで構わぬな？」

「——……構いません」

やや頬を蒼褪めさせながらも、芽衣は首肯した。

引き攣った顔で笑みを作ろうと努力し、零す。

「都では美雨様の影武者となる訓練も受けておりました。ですが……よもや、自分がこのような立場になるとは思いもよらず。人生とは奇異なものなのですね」

「同情はする。何もかも——張隻影が悪いのだ！」

地方文官志望とのたまいながら、【玄】の誇る『赤狼』『灰狼』を討ち、オリド・ダダをも退けた、衰亡の国に現れし【天剣】を振るう英雄。

共に戦った兵達は誰もが心中で信じている。

『我等に【今皇英】ある限り、敗北はなしっ！』

……絶対に言わぬが、私とて。

悲壮な顔の少女へ忠告する。

「ただ、あの者に誑かされると後々大変だぞ？　引っかかる男としては最悪の部類だからな。失礼ながら、皇妹殿下は人跡無き白雪の如き方とお見受けした」

「……その通りです。美雨様はとても素直な御方ですので。故に如何な戦場と謂えど、もし……もしも、張隻影殿が不埒な真似を為された、その時はっ」

「あ、兄上、芽衣殿。その言い方は――」

オトが想い人を庇おうと会話に加わろうとした、正にその時だった。

見張り台下に詰めていた古参兵が叫んだ。

「**オト様！　敵軍が前進してきますっ!!**」

「「「！」」」

霧の中、巨大な軍旗を掲げ西冬軍が前進して来る。

描かれているのは『千』。噂に名高き、【玄】の軍師ハショか。

妹が凛として、命を発する。

「各員配置に！　別途命令あるまで、射撃は厳禁とします」

『はっ！』

一気に城楼内が騒がしくなってきた。私も私の戦場へ戻らねば。

すぐさま踵を返し、階段へと向かう。

「兄上」「博文様」

「私は『武徳』へと戻る。北方の兵站路も整備しなければならぬからな。軍師殿も厄介事を要求してくる……『特に火薬をお願い！』とは」

振り返らず、オトと芽衣へ肩越しに告げる。

「首尾よく『敬陽』を奪還された後――【今皇英】に『物資が足りないぞ？』と文句を言われては敵わぬ。あの男に我等は返しきれぬ恩義があるのだ」

＊

「はぁ、はぁ、はぁ……」

「美雨御嬢様、大丈夫ですか？」

「大丈夫、です」

滴る汗を袖で拭い、黒猫を肩に乗せている張白玲さん付女官の朝霞さんへ私は返答しました。紫色を基調とした西域の民族衣装はとても動き易く、外套を羽織っていても風が通り抜けていきます。

今回の同行に際し、特別扱いを自分から断った以上、そう簡単に泣き言は吐けません。芽衣だってきっと今頃は、私の影武者役を精一杯こなしてくれているに違いありません。

「では——皆、行きましょう。先は長いです」『はっ！』

心配そうにしていた朝霞さんはホッとした様子で、一輪車に荷駄を載せた張家軍の兵達へ指示をし、行軍を再開。急峻な山路を登っていきます。

先導役を務める猟師達と隻影さん、白玲さんが率いる兵達が、鬱蒼と茂っていた植物を切り開き踏みしめてくれているとはいえ……あんなに速く。急がないと！

皆に遅れぬよう、私も槍の穂先を外した棒を支えにし、歩を進めます。首元に提げている『鍵』の入った小袋が動くのが分かりました。

——今、私達がいるのは武徳北方に列なる山嶺。通称『虎山』。

古の時代より数多の虎が住まうという、【栄】版図内でも屈指の危険地帯です。

『宇家軍は鷹閣防衛を。張家軍は武徳北方から打って出て、敬陽を奪還するわ』

作戦を立案した瑠璃さんは自信満々でしたが、これはとても……大変です。

この一ヶ月間で簡易な進軍路が構築され、山嶺中途までは足を踏み入れたことのある猟師達が道案内役となり、約千の張家軍が精鋭揃いでも本来は無理無茶の類。

けれど、【栄】はここまでしなければならない程に追い詰められています。

山越えを果たし、今や【玄】の後背地となった、張泰嵐が生きていた頃の張家勢力圏――北辺各州を撹乱出来れば、最前線である都の戦況も好転させられるかもしれません。

頑張らないとっ！

棒を支えにして歩き続け、やや平らに開けた、草原のような場所まで登り切ります。近くの樹木が焦げたり、倒れたりしているので落雷があったのかもしれません。

先んじて辿り着いていた兵達も、そこかしこに座り込み小休憩中です。隻影さんの副官である庭破さんや、戦斧を背に担いだ岩子豪さんの姿もありました。

布で汗を拭き、後方を確認し――

「凄い……」

私は息を呑みました。

広がっていたのはまるで緑の絨毯でした。その間の細い山路を、馬を曳く兵達の隊列がゆっくりと登って来ています。

自分自身の足で登ってここまで来たのですが……とても信じられません。

芽衣から多少の訓練は受けていましたし、都を抜け出し西域へ来る時も自分の足で歩んできました。

でも、私の中にこんな力があったなんて。驚きです。

御世辞にも上手いとはいえない口笛が耳朶を打ちました。

「へぇ——皇妹の割に根性があるわね。はい」

「わわっ」

振り返った途端、瑠璃さんが竹製の水筒を投げてきました。

青帽子を被り、私と同じ外套を羽織られています。全然疲れているようには見えません。

左手の人差し指を突き付けられます。

「適時水を飲みなさい。倒れたりしたらその分の人手が必要になるわ」

「は、はい」

蓋を開け、水を喉へ流し込みます。

——はぁ、美味しい。生き返るようです。

私は同じく竹筒をあおっている、美しい金髪翠眼(すいがん)の軍師様へ話しかけます。

「随分と登ってきましたね」

「そうね。今のところ、予定通りだわ」

そう言うや、瑠璃(ルリ)さんは口元を袖で拭い、腰から四角い木製の小箱を取り出しました。

方角が分かる『羅針盤』という道具なのだそうです。

小休止を終え、出立していく兵士達を横目に見ながら、瑠璃(ルリ)さんへ話しかけます。

「私……自分で『影武者』の案を出しはしましたが、最初にこの山嶺越えの話を聴いた時、

『本気なのかな?』と思ったんです」

「ふ〜ん」

興味なさそうな反応です。何だかんだ会話をしてくれる隻影(セキエイ)さんと違い、仙娘(せんこ)を自称するこの金髪少女と張白玲(チョウハクレイ)さんは、私に対してとても素っ気ないままです。話してくれるだけでも、有難(ありがた)いと考えるべきなのでしょうけど……。

やや臆しながらも、続けます。

「だ、だって……いきなり『**敬陽(ケイヨウ)を奪還するわっ!!**』ですよ? そんなこと、普通の人は考えつきません。この山は歴代の史書にも記載される難所中の難所で、悪路と虎に阻(はば)まれて誰も越えたことがないと言われていますし」

「『二人の光美雨（コウミウ）』を自分で提案したあんたも大概変人だと思うけど？　隻影（セキエイ）と白玲（ハクレイ）も面白そうにしていたわ。あと――【玄（ゲン）】軍は今までに幾度も、人跡未踏とされていた地を越えてきた」

丁寧に『羅針盤』を仕舞い筆で地図へ書き入れると、金髪の軍師様は左腰に手をやり、ニヤリ、と笑いました。

同性ですが格好良い、と思ってしまいます。

「なら――私達だって同じようにしてもいいでしょう？　第一、踏破よりも兵站路を維持するのが困難よ。宇博文（ウハクブン）は苦労するでしょうね」

そんなものなのでしょうか……。都で軍略について学んでおけば。

私が過去を後悔していると、瑠璃（ルリ）さんは竹筒を腰の紐（ひも）に結ばれました。

「正直、私はあんたがついて来たことの方が意外だった。『鷹閣（ヨウカク）』に入って檄文（げきぶん）をばら撒（ま）いている方が安全なのは理解しているのよね？」

「……私、今まで殆（ほとん）ど何も知らずに生きてきたんです」

芽衣（メイ）には幾度も説得されました。あの子があんなに泣いたのを見た記憶はありません。

けれど――胸の小袋を握り締めます。

「母が亡（な）くなった後はずっと皇宮で過ごしてきました。芽衣（メイ）は優しかったですし、沢山のことを教えてくれました。……兄もです」

栄帝国皇帝、光柳浦は穏やかな御人。

だから……戦乱に耐えきれなかった。

だから……絶世の寵姫に溺れてしまった。竹筒の蓋を閉めます。

「でも、寵臣の進言と懲罰という理由で決められた『西冬』への侵攻。徐秀鳳、宇常虎将軍の死。老宰相、楊文祥の暗殺。そして……理解出来ない張泰嵐様の公開処刑」

胸が鋭い痛みを発しました。

……後世の人々から、今世の皇帝家は無能と罵られること請け合いですね。

自嘲し、素直な想いを吐き出します。

「動かないといけない。ただそう思ったんです。『光』の姓を持つ身として、責任を果たさないといけない、と」

「で——その帰結が『二人の光美雨』と『私達と一緒に自分は従軍する』だった」

瑠璃さんが微かに笑われました。

外套の埃を手で払い、公理を解くかのように評されます。

「あんたとあんたの兄の歳が逆だったのなら、【栄】ももう少し頑張れていたかもしれないわね。素直過ぎて、悪い男に引っかかっている気もするけど」

「る、瑠璃さん、酷いです。私は兄みたいには――」

「**気を付けろっ！　虎だっ‼　虎が出たぞっ!!!**」

『⁉』

いきなり、上の路から切迫感のある声が降って来ました。

休んでいた朝霞さんや兵士達がすぐさま立ち上がり、武器を手にします。

「落ち着いて。円陣を」『はっ！』

瑠璃さんが指示を出され、私から離れていきます。

虎はいったい何処に……。

「**っ！　姫さん、逃げろっ‼**」

戦斧を持つ子豪さんが私に向けて怒鳴りました。えっ？

突然、近くの茂みが膨れ上がり――

「危ないっ！」「きゃっ！」

私は地面に押し付けられました。

頭上を巨大な獣が通り抜けるのが分かり、遅れて背筋に寒気が走ります。

……今、わた、し……死んでいた……。

命の恩人である、銀髪蒼眼の美少女――張白玲さんが、腰から美しき純白の剣【白星】

を抜き放ちました。短く問われます。

「大丈夫ですか？」

「は、はい。あ、あ、ありがとう、ございました」

辛うじて応じた私は身体を起こし、悲鳴をあげへたり込んでしまいました。

「ひっ……！」

書物で絵を見たことはありました。そういう生き物がいることも知っていました。

しかし、目の前で前傾姿勢を取り、唸り声をあげる巨大な獣――本物の虎を見てしまえば、そんなことは全て吹き飛んでしまいます。

淡黄褐色の毛皮に黒の横縞模様。大人二人分はある長い胴体。牙と爪は名剣のように鋭く、眼は憤怒に満ちています。

槍や弓を持つ兵士達に守られた瑠璃さんが嘆息されます。

「……やっぱり遭遇するわよね……」

「軍師殿」「指示を頼むぜ」

庭破さんと子豪さんが表情を強張らせながらも、冷静に問いました。

虎は数十名の兵士に囲まれても逃げ出そうとしません。

青帽子を被り直し、瑠璃さんが名を呼びます。

「ねぇ、白玲」「すぐに隻影が来ます」

即座の受け答え。来ないなんて、全く思っていない口調です。

ここまで人を信じられるなんて……。

私が場にそぐわない想いを抱く中、虎は周囲を見渡しました。

そして、牙を剝き出しにして唸りをあげ――大咆哮。

『っ！』

ビリビリと空気が震え、本能的な恐怖が込み上げて来ます。

庭破さん、子豪さん、朝霞さんや兵士達も蒼褪め、虎へ向けていた槍の穂先や、弓につがえていた矢が揺れ動きます。


「お前等、落ち付け」


緊迫感に反し、飄々とした口調で皆を窘めながら、隻影さんが白玲さんと私の前へ着地しました。風で黒髪が靡きます。

「隻影」「ちょっとぉ、遅いわよ！」

白玲さんが微笑み、瑠璃さんが文句を叫びました。

虎と目を合わせたまま黒髪の少年は更に前へと出ます。

「無理言うな。これでも急いで降りて来たんだぞ？　――さて、と」

一歩、二歩、三歩。

虎の唸りが強まり、前脚で地面を穿ちます。

兵士達は顔を引き攣らせ、

『攻撃しなくて良いんですか!?』

白玲さんと瑠璃さんを幾度も見ていますが、命令は下されません。私の鼓動もどんどん速くなり、口の中が渇いていきます。

隻影さんは腰の【黒星】すら抜こうとせずに虎へ話しかけ、

「驚かせて悪かったな。俺達はただこの山を越えたいだけなんだ」

その場にしゃがみ込んでしまいました。

両手で口を覆い、悲鳴をあげそうになるのを必死に耐えます。

今、虎が飛び掛かってきたら、命はありません。

なのに、黒髪の少年は本気で申し訳なさそうに頭を掻きました。

「お前も――お前の子供達も害そうとは思っていない」

「……えっ？」『？』

周囲を見渡しますが、まったく分かりません。

けれど、虎の唸りが少しずつ小さくなっていきます。

え？　ええ？？　えええ⁉

隻影(セキエイ)さんは小さく頷(うなず)かれました。

「悪いな。少しの間だけ許してくれ——庭破(テイハ)、塩の袋を」

「？　は、はっ！」

青年武将は一瞬の間だけ困惑するも、行動を起こします。

——昔、書物で読みました。

『虎は塩を喰(く)らう』

西域の岩塩の入った麻袋が運ばれてくるや、黒髪の青年が左手を挙げました。

「皆、ゆっくりと離れた後、西側の陣形を解け」

『……は、はっ』

白玲(ハクレイ)さんと私、兵士達は緊張しながらも下がり、次いで西の包囲を解きます。

最後に隻影(セキエイ)さんも岩塩入り麻袋を自分と虎の間へ置き、ゆっくりと後退しました。

すると、示し合わせたように虎もまた前傾姿勢を止(や)め、袋へ近づき咥(くわ)え——茂みの中に跳躍し、まるで夢であったかのように消えました。

「——……ふぅ」『～～っ』

隻影(セキエイ)さんが息を吐かれた途端、この場にいた全員が金縛りから解放されたかのように、声なき声を零(こぼ)しました。

今のって現実……ですよね？

「ああ、歓声は無しだ。行軍を再開——する前に今一度通達しておく。白玲(ハクレイ)、水をくれ」

「はい」

緊張から興奮へと感情が揺れ動く中、黒髪の青年が淡々とした様子で口を開きます。

銀髪の美少女から竹筒を受け取り、続けました。

「この地には今見たように虎が棲(す)んでいる——とびきりの大物がな。音を立て、俺達の場所をあいつ等に教えてやれ。大半の奴(やつ)は避けてくれる筈(はず)だ」

さっきの虎はまるで、人の言葉を理解しているかのようでした。……実際には違うのでしょうが、少なくとも接触を避けてくれれば。

隻影(セキエイ)さんが左手の人差し指を立て、肩を竦(すく)めました。

「もう一つ。単独での行動は厳に禁ずる。ああ、小便の時もだぞ？」

兵士達が失笑を漏らすと、明らかに場の空気も変わりました。

隻影さんが畳みかけます。

「因みに今度出て来た時は……そうだなぁ。箔付けで庭破にどうにかしてもらうか」

「隻影様！　此処はやはり『虎殺し』の異名を持つ子豪が相応しいかと」

「そ、そんなのは景気づけに決まってるだろうがっ！」

控え目な笑い声。互いの肩を叩き、兵士達が一斉に動き始めます。

あんな事があったのに、こ、こうも簡単に……。

頭の中を稲妻が駆け抜け、私は以前読んだ『煌書』を思い出しました。

ようやく水筒に口をつけた隻影さんが、私を不思議そうに見てきます。

「ん？　どうしたお姫さん。そんな呆けた顔をして」

「虎を言葉で退けるだけでなく、あっと言う間に兵達の士気を回復させる……。もしかして、隻影さんは伝説の【皇英】の生まれ変わりなんですか……？」

「……はぁ？」「「──ぷっ」」

言葉を聞いた途端、隻影さんは目を瞬かせ、白玲さんと瑠璃さんは吹き出しました。

左右から肩を叩き、ニヤニヤ。

「良かったですね、隻影」「【皇英】の生まれ変わりですって」

「……お前等なぁ」

眉間に皺を寄せ、黒髪の青年は竹筒を白玲さんへ押し付けました。

私へ真っすぐ手を伸ばしてきます。

「んなわけねーだろ。俺はしがない地方文官志望の男だよ。——立てるか？」

「は、はい。……あ、あれ？」

「ん？　どうした？？」「？」

手を取り、立ち上がろうとするも力が全く入りません。

私は赤面しながら中途半端に笑います。

「えっと……こ、腰が抜けちゃったみたいで………」

「「………」」

三人は顔を見合わせ『……仕方ないか』という風に頷き合われました。白玲さんの蒼い双眸はやや複雑そう。瑠璃さんは青い帽子を被り直し、外套の袖や裾を握られています。

「仕方ねぇなぁ。よっと」「ふぇっ⁉」

直後、隻影さんが私を無造作に担がれてしまいました。

背中がとても大きい——いえ、そうではなくてっ！

物心ついてから、と、殿方に触れるの、兄上以外では初めてなんですが……。

大混乱する私を気にせず、隻影さんが兵達に指示を飛ばされました。

「よーし、陽がある内に今晩の野営予定地まで登るぞ。遅れるなよっ！」

『はっ！　張隻影様っ‼』

＊

「……う、ん……」

意識がゆっくり覚醒していきます。

寝返りを打ち、天幕の下で私は眼を開けました。燭台上では極小さな灯りがゆらゆらと揺れています。普段ならばすぐに『美雨様、どうなさいましたか？』と、気を遣ってくれるだろう芽衣の姿は当然ありません。

隣で寝ているのは、寝顔まで整っている白玲さんと「……さ、賽子が、賽子がわたしを裏切るぅぅ……」苦しそうな瑠璃さんと丸くなっている黒猫さんだけです。

「――はぁ」

嘆息した私は二人を起こさぬよう起き上がり、外套を手に外へ出ました。

今宵の野営地は山嶺中腹の枯れ谷。

地面には多くの岩が転がり、周囲には獣を防ぐためでしょう、多くの篝火が焚かれ、兵達が警備を行っています。

外套を羽織り、野営地の中を歩いていると、薬缶のかけられた焚火の前の岩に腰かけ、書物を読んでいた隻影さんが気付きました。傍らには黒剣と革袋が立てかけられています。

「お、どうした？　眠れないのか？？」

「は、はい。隻影さんは……」

「昼間の猫がついて来ているかもしれないから、夜警だ。賢いからまずないとは思うが、念の為な」

ね、猫って……。確かに虎を大きな猫、と書いた学者もいますが。

近くの石にしゃがみ込み、改めて謝ります。

「昼間は大変お恥ずかしいところをお見せしました」

「気にすんな」

黒髪の青年は薬缶を手に取ると、予備の碗へ注ぎ入れました。白い湯気が立ち昇ります。

独特な匂い。野草のお茶のようです。

そんな私へ碗を手渡し、隻影さんは自分の分にも注ぎ入れます。

「虎に吼えかけられれば歴戦の強者だって縮みあがる。漏らさなかっただけ上々だ」

「漏らっ――隻影さんは皆さんが仰る通り、意地悪ですね」

寝る前も、白玲さんと瑠璃さんから散々聞かされました。

不思議と途中から惚気なような気もしていましたが。

温かく力強さを感じるお茶を一口飲み、私は夜空を見上げました。

信じられない数の星々が天に瞬いています。

「……綺麗……」

「都が少し明る過ぎるんだ」

隻影さんの瞳にあったのは微かな冷たさ。この青年が以前、都にも滞在していたことと、皇宮に突入してまで【張護国】様を救援しようとしたことを思い出します。

「にしても――皇宮育ちにしては根性があるな。白玲や瑠璃も褒めてたぞ」

「わ、私だけ馬に乗る訳にもいきませんから。……腰を抜かしたことで、相殺されてしまったでしょうけど」

何かを口にするより先に、話題を変えられてしまいました。

辛うじて返答すると、隻影さんが苦笑します。

「常に人目を気にしないといけないか。皇妹ってのも難儀な立場だ。【玄】に降れないのなら、やっぱり異国へ逃げちまった方が良かったと思うぜ？」

「……私は何も出来ません。芽衣に今以上の迷惑をかけてしまいます」

異国への逃亡を、考えなかった訳ではありません。

聞けば聞く程、【栄】という国が陥っている状況は厳しく、絶望さえ感じました。

けれど――芽衣と一緒に逃げる勇気もなかったんです。

隻影さんが大袈裟に小首を傾げました。

「影武者を演じさせるのも大概だぜ？　少なくとも『千算』には狙われるかもしれん」

「そ、それは！　だって……」

黒髪の青年が薬缶を手にします。

「むきになんな。もう一杯どうだ？」

「…………いただきます」

文句を呑み込み、私は碗を差し出しました。

再び白い湯気が立ち昇る中、隻影さんが語り始めます。

「奇襲攻撃で『敬陽』を落とし、張家の影響力が強い北辺を抑え、敵の兵站に大きな負荷をかける」

瑠璃さんの作戦案は、軍事を知らない私にも納得出来るものでした。

都を直接救援するよりも余程、助けになるのでしょう。……心情的には複雑ですが。

碗を両手で持ち、隻影さんが私と目を合わせました。

「うちの軍師殿は外見こそ美少女だが、明鈴と同じ位の腹黒なんだ。『敬陽』を落とせなくても……【張護国】の名が神格化されている北辺には、大衝撃をもたらすだろう。その軍を率いているのが『張家の遺児達』なら猶更だ。しかも、そこに――皇帝陛下の妹君であられる光美雨姫の書かれた檄文が加わる。しかも、伝説の【玉璽】付で」

その場で立ち上がり、黒髪の青年が両手を広げ、

「**『憂国の士よ、我が下へ来たれっ！』**」


瑠璃さん作の檄文冒頭を叫びました。

突風が吹き荒れ、焚火の炎が舞い散ります。

からかい混じりで隻影さんが頭を下げてきました。

「おめでとうございます。勝っても負けても、貴女様の名前は史書に記されるでしょう」

「……隻影さんは本当に意地悪ですっ！」

明日の朝、白玲さんと瑠璃さんに言いつけないといけません。

いえ……私自身に、血筋以外何の価値もないことこそが問題なのですが。

すると、隻影さんが得心顔を浮かべました。

「ほぉ……そうか、そうか。皇妹様はそこまで俺を意地悪な男にしたいのか。よーし、分かった。ならば意地悪してやろう」

「へっ？　い、いえ……ほ、本気で言ったわけじゃ。ほ、ほんのちょっとだけ、思っただけで……せ、隻影、さん？」

青年が私へ近づいて来ました。

私の瞳を覗き込み、強い口調で命じられます。

「碗を置いて、目を閉じろ」

「ひゃう。は、はい……」

情けない声を出し、私は大人しく目を瞑ってしまいました。

いったい何――……ま、まさか、年頃の男女がすることをっ⁉

い、いけませんっ。そんなのは、いけないことですっ。め、芽衣に怒られます。

――硬い物が手の上に。

「冷たっ。ふぇ？」

「もう目を開けてもいいぞー」

隻影（セキエイ）さんが離れて行きます。

私は恐る恐る目を開け、絶句しました。

「！　せ、隻影（セキエイ）さん⁉」

手の中にあったのは、『**桃花と三本の剣**』が彫り込まれた黒小箱。

――【伝国の玉璽】が納められている物です。

青年は岩に座り、何でもないかのように左手を軽く振りました。

「持ち歩くのもいい加減面倒だ。管理しといてくれ。なお――当面の間、白玲（ハクレイ）、瑠璃（ルリ）には秘密とする。バレたら連帯責任な」

「そ、そんな……」

呼吸が苦しくなります。

箱の【黒鍵】は私が。箱自体は隻影（セキエイ）さんが。

良くも悪くも責任が分散されていた状況をわざわざ崩す？　あり得ませんっ！

必死に自分を落ち着かせ、問います。

「私が……【玉璽】を持って【玄（ゲン）】へ投降する、とは考えないんですか？」

「お、するのか？　いいぞ！　【白鬼（はっき）】へ伝言を頼む。『**親父殿（おやじどの）が取れなかったその細首、**

次相まみえる時は張隻影が貰い受ける』ってな」

「ううう～！」

　あっさりと返答されてしまい、呻くしか出来ません。

　頬が勝手に膨らみ、不平が零れ落ちます。

「……白玲さんと瑠璃さん、明鈴さんの気持ちが少しだけ理解出来ました。張隻影さんは意地悪なだけじゃなく、酷い人でもあるんですねっ」

「おいおい。俺程、日々を真面目に生きている男はそういないんだぞ？　世の中をもう少し知れば、お前さんもきっと分かる。白玲達は高望みが過ぎるだけだ」

「………………」

　駄目です。勝てません。私が圧倒された王明鈴すらもやり込めたらしいですし……。

　隻影さんの瞳に、一転して厳しさが表れました。

「山を越えたら戦続きになるだろう。今日みたいに、腰を抜かしてもすぐ助けてはやれない。相手は【御方】とかいう妖女が裏で暗躍する西冬の大軍だ。戦を知らない身に酷な話だが……気は抜くなよ？」

「──はい」

　居住まいを正し、黒小箱を抱え込みます。

私は戦を経験していません。正直に言えば……怖いです。

でも、それでも。

「大丈夫です。この選択をしたのは私ですから。覚悟は出来て――」

「阿呆（あほう）」

隻影（セキエイ）さんが小さな布袋を投げてきました。

咄嗟（とっさ）に左手で受け取ります。中身は……炒（い）った豆、でしょうか？

黒髪の青年に厳しい口調で叱られます。

「俺達と一緒に来た以上、勝手に死ぬのは却下だ。石に縋（すが）りついてでも生きろ。生きて、史書に自分の名前が載るのを見届けろ。――分かったか？　分かったら、返事！」

「は、はいっ！」

私とて皇族。なのに自然と敬礼してしまいました。

心臓が高鳴り、五月蠅（うるさ）いくらいです。

ふ、ふざけている時と……真面目な時の落差が激し過ぎると思います！

そんな言えない文句を私がもごもごと呟いていると、額を指で軽く押されました。

「いい返事だ。よーし、子供はもう寝る時間だ。天幕へ戻れ。そろそろ、白玲（ハクレイ）か瑠璃（ルリ）が気付く頃だからな」

「わ、私は子供じゃ……！」「分かった、分かった」

隻影さんは黒剣と革袋を持ち、歩いて行かれました。

――もうっ！

むくれながらも、心中の不安が薄らいでいるのを自覚します。

自然と笑みになり、私は青年の背を少しの間見つめ続けました。

＊

「では――蓮殿。本職はこれにて。【御方】は奥でお待ちです」

「御苦労」

案内役の老官に短く礼を述べ、私は冷たい石廊へと歩を進めた。

――西冬首府『蘭陽』。その中央に鎮座する冷たき王宮。

天下統一を至高の目標とする秘密結社『千狐』の一員として、幾度となく訪れているものの……落ち着かぬ。余りにも裏で血が流され過ぎている地だからか。

柱の灯りで自分の影が伸びるのを狐面越しに眺めつつ、私は最奥の部屋へと辿り着く。

金糸で縁どられた入り口の紫布を潜り抜けると、濃い香が鼻をついた。

西冬の財が集められたか、と錯覚する程に豪奢な一室。

宝石で彩られた長椅子では、道士服姿で長い紫髪の美女が怪しげな古書を読んでいる。

大方、今宵も仙術について書かれたものであろう。

この者こそ――【御方】と呼ばれる西冬の真の支配者だ。本名は我が組織の老長ですら知らず、嘘か真か齢百を超しているとも伝え聞く。

女が私に気付き、古書を放り出す。

「蓮か。面は取れ。無粋じゃろう？」

「…………」

私は不承不承ながらも、顔の面を取った。

大きな姿見に銀髪蒼眼の自分が映り込み、強い不快感を覚える。

対して【御方】は上半身を起こし、妖艶な笑みを浮かべた。

「フフフ……相変わらず美しいのぉ。隠す必要などなかろうに」

「……お前とそのような問答をしにわざわざ『蘭陽』へ来た訳ではない。その首、今すぐにでも落としても良いのだぞ？」

不快さが限界を超え、腰に提げる刀の柄へ手をやる。

組織とこの女とは長い付き合いだ。……そうでなければとうの昔に。

私が手を出せぬことを知り抜いている【御方】は扇子を広げ、口元を隠した。

「恐ろしや、恐ろしや。我のようなか弱き者の細首を落としたところで、何がどうこうなるわけでもあるまいに」

「…………」

苛立(いらだ)ちを全力で抑え込む。この者の常套(じょうとう)手段だ。

息を深く吸い、用件を告げる。

「長(おさ)の要求は以前と一言一句変わらぬ――『西冬(セイトウ)軍を増派し、一日も早く【玄(ゲン)】の天下統一を支援すべし』。【白鬼】は軍を『臨京(リンケイ)』前面へと進めた。もう少しなのだ」

「我の要求も変わらぬよ」

扇子を勢いよく閉じた女が席を立った。

そして、私の耳元で囁(ささや)く。

「絶対に斬れぬ筈(はず)の【龍玉】を両断したという【双星の天剣(てんけん)】を貰えるならば、西冬(セイトウ)を差し出しても構わぬ。あれは、我が追い求めし古き仙術復活の大きな足掛かりとなろう」

「……天下の統一が優先だっ」

やはり、臨京(リンケイ)の【龍玉】の一件を気づかれていたか。

我が組織の目的は首尾一貫している。【玄】と【栄】の戦なぞ、些事に過ぎない。

私は振り返らぬまま、吐き捨てる。

「長く知識を蓄えてきたお前のこと、何時までも天下統一が成されない弊害を——技術進歩の停滞を理解出来ていよう？　【煌】帝国の統一より早千年余。我等が国内と周囲の騎馬民族や少数民族共と争い続ける中、遥か西の都市国家群や、大洋渡りし先に浮かぶ東の大島は統一されて久しい。結果——様々な分野で全く未知の物品が生み出されつつある。火槍を遥かに凌ぐ、火薬を用いた兵器はその代表例だ。最早それ程時間はない」

「……分かっておるともよ。我が追い求めし古の仙術すらも先んじられるやもしれぬ」

やや不快そうに【御方】は同意を示した。

女が香炉に触れ、冷たく続ける。

「【白鬼】は一代の英傑じゃ。彼奴ならば、【栄】を滅ぼし、小部族が乱立せし北方大草原や周辺諸勢力すらも併呑——【煌】を超える黄金時代を築き上げ、我の願いすらも叶えてくれるやもしれぬな」

「ならばっ！」

この女は馬鹿ではない。

ただ……厄介なことに、我等とは異なるモノに重きを置き過ぎている。

「我等とアダイに一層協力せよ。仙術がそこまで気になるのならば、天下統一後、幾らでも手を貸す」

「おーおー、有難い話じゃのぉ」

妖女は全く感謝などしていない態度で答え、香炉を手にした。

……まさか、気づかれたか？

我等がこの女の排除を検討しつつあることを。

けれど、【御方】はそのような態度を露程も見せず、長椅子へ腰かけた。

「帰って老長へ伝えよよ──『事情は理解した。今まで通り出来る限りの協力はしよう』と。【双星の天剣】をすぐにでも引き渡してくれるのならば、話は別だが」

「……っ」

これでは何の回答にもなっていない。

中原の西冬軍も、優れた金属鎧や大型投石器等が増えることはないだろう。

かといって……現在の『千狐』に、この油断ならぬ女へ差し出せるような交渉材料もまたない。

千年前の大英雄【皇英】が振るいし【双星の天剣】は、我が宿敵達の手にあり。

如何な我等であっても、西域の奥地に出向き回収するのは不可能だ。

先の戦でオリド・ダダかハショが勝利していればっ。

いや、張白玲はともかく、今の天下において張隻影を戦場で討てるのは【黒狼】か【白狼】、そして――この私、『千狐』の蓮だけ。あり得ぬ話か。

西域には【玉璽】の伝説もあったように記憶しているが……現実の物でもあるまい。

何かしら、仙術に関わる書物でもあれば良いのだが……。

「ああ、そうじゃ」

私が目まぐるしく考えていると、【御方】が長い香炉へ火種を落とした。

煙がまるで生きているかのように長い紫髪へ纏わりつき、悍ましい。

――無邪気な確認。

「当世で【天剣】を振るいし者達――張泰嵐の遺児達と聞いておる。今は『西域』に逃れておる、ともの。此方で討ってしまうても良いよの？」

「…………ッ」

自分でも不思議な程の怒りが噴き上がった。

刀の柄を強く握りしめ、皮肉で返す。

「……それは不可能だな。絶対に不可能だ」

「ほぉ？」

紫髪美女の瞳に強い好奇。

脳裏では、狐面を被った私が必死に止めてくるがもう止まらない。

部屋の入り口へと向かい、紫布に手をかけ殺気を放つ。

「張隻影と張白玲は、私を——『千狐』の蓮をも真正面から退けた。貴様の手の者如きが敵うものかっ。精々敗北を重ねるがいい！」

——【御方】は沈黙している。

そう言えば、明確な怒気を露わにしたのは初めてのことかもしれぬ。

まずかったか、という悔恨が過るも打ち消す。事実を伝えて何が悪い。

私は狐面を被り振り返った。

紫髪の美女は扇子で顔を隠しているが、構わぬ。

「我が銀髪蒼眼を直接見し仇敵——張隻影と張白玲を討つのはこの私だ！　いいか、覚えておけっ‼」

感情のまま叫び、私は部屋を後にした。

——そうだ！　奴等との決着はつけねばならぬ。

西冬軍が動かぬならば、私自身が表舞台に立ってでもっ。

老長への新たな進言を考えながら、私は王宮の暗き庭へその身を躍らせる。

長い銀髪が月光を帯び、池の水面に眩い光を反射させた。

＊

部屋に独り残され、今の世においては【御方】と呼ばれる我は、思わぬ情報にほくそ笑んでいた。

「あの蓮を退ける張泰嵐の遺児共。ククク……面白いではないか！」

禍を齎す銀髪蒼眼持つ『千狐』の娘。

幼くして、東方の島国より伝来せし奇怪な剣術を修め、極めた蓮は間違いなく強い。

周辺諸国を見回しても、勝てる者は数える程であろうか。

――そのような異才を退ける。

「面白い、面白いぞっ！」

久しくなかった興奮を覚えた我は、【白狼】として玄軍先鋒の将を務めあげ、現在は『楚卓』にいる娘から届けられた書状を広げる。

これを読む限り、蓮が心配せずとも、栄帝国の命運は尽きておる。

ただし、『狐』によって送り込まれた『鼠』が勝手に策謀を巡らし、徐家の憐れな雛鳥だけでなく、自らを『鷲』と勘違いした『雀』に手を伸ばしているようだ。

如何に【白鬼】が神算を誇ろうとも、突如意思を持った愚者の動きまでは統制能わず。

……だが、これだけでは時が足りぬな。

前世【王英】の記憶持ちし、アダイ・ダダによる天下統一が達成されれば、【双星の天剣】を持つ張家の遺児共は、まず間違いなく登用されるであろう。奴は才人を愛する。

そうなれば、手を出すことは難しくなってしまう。

故に天下は今少し騒乱を維持するのが望ましい。我が【天剣】を手に入れるまで。

仙術復活は全てに優先されるのだっ！

何か使えそうなものは――娘の書状を今一度確認する。

あ奴め、未だアダイに心を寄せておるのか。男の趣味が悪いの。誰に似たのやら。

……ほぉ【栄】の愚帝の妹が西域に。

彼の地に潜ませた間者は一掃され情報が入って来ぬが、あり得ぬ話でもない。

――……皇妹、皇妹か！

王英風亡き後、【天剣】と【玉璽】を隠した女将、紅玉の伝説を思い出す。使えるか。

我は文机の引き出しを開け、紙の束を取り出した。

アダイ率いる玄軍は強い。強過ぎる。

ならば！　衰亡の栄帝国に手を貸しても罰は当たるまい。

娘にも命を与え、混乱に乗じて張家の遺児共から【天剣】を回収させねば。おお、そうじゃ、【玉璽】の偽印も急ぎ作らせねば。

筆を執り、我はほくそ笑んだ。

偽の檄文を一気に書き上げ、独白する。

「予定調和な盤面を我の一手で乱してくれよう。【白鬼】の整い過ぎて、至極つまらぬ顔を歪ませるのも一興よ！」

第三章

「林家も違う……。楊家も違う……。う～ん……」

南域『南師』、徐家屋敷の別邸。

幼い頃、父【鳳翼】徐秀鳳が『勇隼用だ』と作ってくださった木製の椅子に腰かけ、僕は頭を抱えました。目の前の机には、本来【栄】帝国中枢にいる人しか読むことが許されない、廟堂議事録の写し。張彩雲様が手に入れられた代物です。

明鈴さんの話によると、現在は西域におられる張隻影様へ贈られた『特別な旗』も、彩雲様の協力によって作製されたと……余り深く考えない方が良さそうです。

それにしても、てっきり副宰相の林公道、宰相代理の楊祭京の何れかが、飛鷹兄上を惑わせていると思っていたんですが、外れのようです。

じゃあ、いったい誰が？

対面の席に座り、猛烈な勢いで資料を確認中の王明鈴さんが微笑んできます。

「勇隼さ～ん、考え込む前に手を動かしてください。今晩中に、机の上の資料は全部調べるつもりで頑張りましょう～。そうじゃないと、飛鷹様が軍を率いて『臨京』へ出立されてしまうかもしれませんよ～★」

「は、はい。ごめんなさい」

この人、怖い。あと、仕事が早過ぎます。

僕だって、多少は内政が出来る方だと自負していたのですが比較になりません。

『可能な限り早く徐家軍主力を臨京へと進める』

先日突如として発表された兄上の発案は、我が家を大混乱の渦へと叩き落としました。

母上や、南部を守る祖父母、老臣達が必死に翻意するよう懇願し、僕も物資集積に時がかかる、と必死に説き続け――。

その結果、辛うじて兄上は思い留まってくださいましたが、以降は南師郊外で軍と訓練に明け暮れる毎日を送っておられます。

都への進軍を諦めてはおられないのです。

その先に行うであろう愚かしい行為……皇帝陛下への謀反も。

僕が沈鬱な気持ちになっていると、夕陽の差し込む部屋に、お盆を持った黒髪の美女が入って来ました。後ろに続いて来るのは、可愛らしい女官服を着た春燕さん。心臓が勝手に高鳴ります。

「明鈴御嬢様、余り根を詰め過ぎるのも如何なものかと。勇隼様、お茶と菓子をお持ちしました。暫し休憩を取られてください」

「静さん……！」

視界が涙で滲みます。人の優しさがこんなに染みるなんて。

――そうです、おかしいんです。

こんな量の書物から僕達だけで、兄上を惑わす『犯人』を探し出そうなんて！

明鈴さんが不満そうに身体を左右に振ると、二つ結びの栗茶髪も動きました。

「え～。折角、調子が出て来た所だったのにぃ。静、勇隼さんが可愛いからって、少し甘やかし過ぎなんじゃないのぉ～」

丁寧にお茶を淹れながら、黒髪の美女は主をちらり。

一切動じず、淡々と答えます。

「そんなことはございません。春燕、手伝ってください」

「はい、静様」

双子の妹さんだという、少女の鈴を転がすような声。頬が緩んでしまいます。

砂糖を棒状に固めたお茶菓子の小皿が置かれ、次いで白磁の碗が差し出されました。

疲れの吹き飛ぶ美しい笑み。

「勇隼様、どうぞ」

「あ、ありがとうございます、春燕さん」

御礼を述べ、碗に手を伸ばします。

すると、ほんの一瞬だけお互いの指が掠めました。

「「――あ」」

声を発したのはほぼ同時でした。

折角淹れてくださったお茶を零さぬよう、碗を机へ。

春燕さんへ慌てて謝ります。

「す、すいませんっ！」

「い、いいえ。お、お気になさらず」

恥ずかしさに身悶え、僕は顔を伏せました。けれど、不快な感覚ではありません。甘く身体の芯に響くようです。

そんな僕達を胡乱な目つきで眺め、砂糖菓子を食べていた明鈴さんがブツブツ。

「まぁ、これはこれで良いけどぉ～。私も隻影様とああいう甘酸っぱいやり取りをしたいんだけどぉ～。都にいた頃もした記憶がないんだけどぉぉぉ～」

「「～～っ」」

僕と春燕（シュンエン）さんはあたふたしてしまいますが、言い訳の言葉も浮かんできません。

白布で明鈴（メイリン）さんの口元を拭い、静（シズカ）さんがさらりと会話に加わってきました。

「そうでもないかと。隣で明鈴（メイリン）御嬢様がうたた寝されていた際、隻影（セキエイ）様は肩を貸されておられました」

「！　ね、ねぇ？　その話、私知らないんだけどっ⁉」

「……はて？」

「しずかぁぁ～？」

王（オウ）家主従が楽しそうにじゃれ合いを開始しました。

知り合って間もないですがこの二人はとても仲良しです。

……僕と兄上も以前はそうだったんですが。

お茶を飲み、控えてくれている春燕（シュンエン）さんへ尋ねます。

「え、えーっと……お兄さんは『鷹閣（ヨウカク）』へ無事到着されたんですよね？」

「はい。旅人が文を届けてくれました。南方を西側から大きく迂回（うかい）したようです。あの人は馬や小舟を操るのが得意なんです」

「良かったです」

春燕さんの双子のお兄さんである空燕さんは、張隻影様への使者として長駆、西域へ赴いています。

中原が侵攻してきた【玄】の大軍によって押さえられている現状で、南師から鷹閣までを単騎で踏破するなんて……。

「あの、勇隼様、一つお願いがあるのですが」

「！　は、はい？　何でしょうか」

少女の呼びかけに意識を戻します。

星のように綺麗な瞳を見つめると、春燕さんは照れくさそうに指を弄りました。

「その……今晩、花琳様と一緒に寝てもよろしいでしょうか？　『春燕と寝たいの』と言われてしまいまして。徐家の奥様には許可をいただいております」

「妹とですか？」

父が亡くなり、兄の性格も変わった後、妹は塞ぎ込みがちになり、徐家内でも世話を出来る者は限られています。

ここ数日、別邸によく顔を出すな、と思っていたら知らぬ間に春燕さんに懐いていたようです。兄妹で惹かれる相手は同じ、ということなのかもしれません。

明鈴さんと静さんを目で確認すると、軽く肩を竦められました。

同意済み、と。

僕は少女へ大きく頷きました。

「勿論です。妹をよろしくお願いします」

「はい。お任せください♪」

僕達の間に穏やかな空気が流れます。

とても居心地がよく。ここ最近、明鈴さんとの難行で荒みつつあった心が癒されていきます。春燕さんの主は張白玲様と張隻影様とお聞きしていますが……どうすれば、徐家に来てくださるんでしょうか？

い、いえっ！　今すぐにではなく、将来的になんですが。

「――こっほん」

僕の妄想はわざとらしい咳払いで霧散しました。

机の上に手を組み、ニヤニヤ顔の明鈴さんが僕と春燕さんへ通告。

「は〜い、休憩はお仕舞いです。仕事に戻りましょう」

「は、はいっ！」」

可憐な異国の少女は「し、失礼します」と会釈をし、退室していきました。

嗚呼……春燕さん………。

寂しさを噛(か)み締めていると、明鈴(メイリン)さんが瞳を細めます。

「取りあえず、『犯人』の目星は絞られてきましたね」

「……はい」

意識を無理矢理切り替え、僕は首肯しました。

都度、紙片に書き残しておいた事実を確認し合います。

「現状の宮中に、老宰相閣下のような傑出した実力者はいません。かと言って――皇帝陛下も強権を振るわれている様子はない。ここまでは確定的だと思います。大人物がいないからこそ分かり難(にく)い。厄介ですね」

「全面的に同意します～」

明鈴(メイリン)さんが静(シズカ)さんへ碗を差し出すと、すぐさまお茶が注がれました。

麒麟児(きりんじ)が独白します。

「議事録から読み取れる有力者達は――宰相代理の林公道(リンコウドウ)と楊祭京(ヨウサイケイ)。禁軍(きんぐん)元帥の黄北雀(オウホクジャク)。大水塞の守将、岩烈雷(ガンレツライ)。廟堂で論を交わすのは専らこの四名に絞られるようです」

老宰相、楊文祥(ヨウブンショウ)様の孫でありながら才に乏しく、なれど栄達を望む青年。

張泰嵐(チョウタイラン)様を処刑に追いやり、玄(ゲン)との講和を目指すも自らも死した前宰相の弟。

徐(ジョ)家にとっては忘れ難(がた)き西冬(セイトウ)侵攻戦を前宰相と共に主張し、自分は生きて還(かえ)り、処罰すら受けなかった皇帝の寵臣。

そして……名将、勇将、猛将亡き後、栄軍を支える良将。

立場も思想も多様ではあります。

自分の指に前髪を巻きつけ、明鈴さんは更に続けました。

「他――【玄】に降り、北方より圧力を加えて来ている栄人武将の魏平安とその参謀、魏安石の名も稀に見られますが寝返らせる敵将候補としてです。以後は無視しましょう」

「……はい」

僕は顔を歪ませました。

玄側にも多くの問題はあるのでしょう。けれど、元々は栄に仕えていた者が重用され、一軍を堂々と率いている――正直信じられないことです。

我が亡き父ですら、徐家軍中核への異民族配置を画策しながらも、最後まで実現出来ませんでした。反対意見が激烈だった為です。

その点――異国出身の春燕さんや空燕さんを躊躇いなく近くで用いた張隻影様は、玄帝国皇帝、【白鬼】アダイ・ダダの器に匹敵するのかもしれません。

帽子を外して指で回し、明鈴さんが外を眺めます。

「飛鷹様に甘言を囁いている『鼠』の主人は怖い怖い【白鬼】だと思いますが……」

「バレないよう擬態していますね。廟堂の情報を入手しているのなら、相当な高官だと思うのですが……。普段は発言すらしていないのかもしれません」

今や兄上は、僕どころか母上の言葉にすら耳を傾けてくださらなくなっています。

時々来る遣いの者が告げて来るのは、兵站物資の催促だけ。

早く『鼠』を特定し、兄上の目を覚まさなければ……。

明鈴さんが帽子を被り直し、眉間に指を当てました。

「ん～でもここまで調べて、名前が出てこないとなると――……出てこない？」

「明鈴さん？」「明鈴御嬢様？」

僕と黒髪美女は、麒麟児の名前を呼びかけますが反応はありません。

暫くして、明鈴さんが机を叩きました。

「静！　以前、隻影様を調べた時のことを思い出して。あの時の公的文書に――彩雲様の御名前って出て来たかしら？」

「彩雲様の、でございますか？」

張家のことも調べていた……何も聞いていません。僕は何も聞いていませんっ。

戦慄を覚える僕に構わず、顎に指を当てられた静さんがゆっくりと答えられます。

「出てまいりませんでした」

「そう！　そうなのよっ‼」

栗茶髪の美少女が興奮で頬を紅潮させました。そのまま立ち上がり、室内を歩き始めると、豊かな双丘が揺れます。視線を逸らすと、静さんが穏やかに微笑んでくれました。

明鈴さんが歩きながら、説明してくれます。

「張彩雲様は商人の間だと、とてもとても、とても有名な御方でした。けれど――官職に就かれたことは一度もありません」

「？　それが何――あっ！」

ようやく気付き、僕は大声をあげてしまいました。

そうか！　ここまで調べても名前が特定出来なかったのは。

「『兄上を誑かした人物は官職に就いていない。けれど、廟堂内の情報に触れられる立場にある人物と近しい。つまり、私的に囲われている知恵者』――ですね？」

「はいっ！」

千年前に天下を統一した煌帝国の大丞相【王英】は、様々な人材を集めるのが趣味だったと伝わっています。

『国家に重きを為す人材を私費で囲う』

今でも、上級階層の風習として伝わっています。

グルグルと歩きつつ、明鈴さんが顔を険しくしました。

「私達はずっと探す相手を間違っていました。『徐飛鷹様と接触出来るのだから、相応の地位を持つ人物だろう』と思い込んでしまっていたんです」

ピタリ、と少女が立ち止まり、小さな拳を握り締めます。

「林公道、楊祭京、黄北雀、岩烈雷——この四名の屋敷に出入りするか、ずっと滞在しているか、関わっている人物こそが皇宮に潜り込んだ『鼠』ですっ！」

ふと、微かな違和感が過りました。

「絞れてきましたね。すぐに調べ直して——……」

官職に就いておらず、けれど廟堂の情報に触れられる人物。

西冬侵攻戦前、珍しく深酒をされた父上の言葉が思い出されます。

『陛下にも困ったものだ。あのような小娘に』

……小娘？　誰だ？？

黙り込んだ僕の顔を、明鈴さんが覗き込んできました。

「勇隼さん？　どうかしましたか？？」

「い、いえ、些細な事――」「口にしてくださいっ！」

普段とは打って変わり、鋭い叱責。

僕が呆然とする中、王明鈴さんは左手の人差し指を立てました。

「内に秘めた言葉は伝わりません。このような場では無価値です」

確かにそうです。……間違っていたらどうしよう？　そんなことで重要な事実に気付かず、危機を見過ごす方が大事なのは言うまでもありません。

差し込む夕陽の中、大人びた顔の麒麟児が頷かれます。

「貴方の言葉で私や静が何かに気が付くかもしれません。そうしたら、私達の勝ち――」

そして、両手を合わせて力強く断言。


「隻影様なら、ぜ～ったいっ！　そう言われます☆」


これ程までに信頼され、今の兄上ですら話をされる時は相好を崩される人物。

――【今皇英】張隻影様。僕も一度会ってみたいですね。

「では遠慮なく。えっとですね……もしかしてなんですが」

潜り込んでいる『鼠』は一人じゃないかもしれません。

僕がそう告げる前に、扉につけられた呼び出し用の鈴が鳴りました。

「どうぞ」

「失礼致します」

明鈴(メイリン)さんの許可を受け、中に入って来たのは彩雲(サイウン)様の女官でした。

「夕霞(ユウカ)さん？」「何かありましたか？」

「……はい。こちらを」

女官は顔を強張(こわば)らせ、書状を少女へ差し出しました。

僕も席を立ち、横から覗き込み絶句。衝撃でよろよろと後退。

近くの柱に拳を叩きつけます。

「ま、さかそんな……。兵站物資はまるで足りていないのに……兄上っ」

彩雲(サイウン)様の書状に書かれていたのは、悲報でした。

『南師(ナンスイ)郊外の徐(ジョ)家全軍、北上を開始。目的地は臨京(リンケイ)と思われる』

『前夜、奇妙な狐面(きつね)を被りし男が、徐飛鷹(ジョヒヨウ)と接触していた模様』

狐面の男……？　兄上を惑わせた人物は徐(ジョ)家全軍約一万を必要として？？

明鈴さんが書状を胸に押し付け、北方の空を見つめました。

その顔は自身の無力に苛まれ、とても辛そうです。

「……白玲さん、瑠璃……隻影様っ……！」

あれ程鮮やかだった夕陽は地平線へと沈み込み、漆黒の闇が広がる中、僕もまた北天をぼんやり眺めます。

そこには美しき双星が輝き始めていました。

＊

「皆……面を上げよ」

雷鳴轟く栄の首府『臨京』。

その皇宮の廟堂に、疲労の滲む皇帝の声が響き渡った。

私――秘密結社『千狐』の田祖が座る末席から天壇上の男は遠いが、明黄の服もくすんでいる。国を傾けたのは己の決断故なのだが、自覚には乏しいようだ。

民と兵が憐れだな。

上座には、座ったまま微動だにしない自分を『救国の将』として信じて疑わぬ禁軍元帥、黄北雀の軍装を着ても痩せた背中。……愚帝の寵臣もまた愚将か。

同時に、そんな北雀の権力で私はこうして廟堂に列席出来ている。左頬の火傷跡を隠す為、普段は着けている狐面のままは許されなかったが。

徐飛鷹を用いての老宰相排除が成った後、組織より受けた命はたった二つ。

『栄の廟堂中枢へと深く入り込み逐次情報を届けよ』

『誑かした徐飛鷹を然るべき時に首府へ進軍させよ』

ただこれだけだ。私の才からすれば児戯に過ぎる。

前宰相、林忠道が講和交渉の席上から帰らなかった後は黄北雀の信を得て、着々と計略を進めていた。

しかし……先だっての冷たき夜、かつて組織で才を競い合った忌々しいハショが、鷹閣で敗北したとの書簡を読んだ時、ふとこう思ってしまったのだ。

『今、私の手には字義通り栄の命運が握られている。ならば、思うが儘に自分の才を振るい、天下に我が名を、田祖の名を轟かせるのは不可能ではない。そうすれば……表舞台で失敗したハショとの立場を逆転させることも可能なのではないか……』

組織に拾われて以来、初めて持った野望であった。

所詮、【栄】は滅びる運命にある。

ならば、私がそれを多少早めても問題はあるまい……。

熟考した結果、私は飛鷹だけでなく北雀も手駒に加えることとした。


――『千狐』には報せず独断で。


今のところ、全ては私の掌の上で上手く回っている。

徐家の雛鳥は都への進軍に同意し、愚かな雀は決断出来ぬ愚帝へ不満を募らせている。

後は何時、どれ程鮮やかに【栄】という大帝国を滅ぼすか、だけだ。

私がほくそ笑む中、裸の皇帝が口を開いた。

「皆も知っての通り……敵軍先鋒が大水塞へと達した。無駄な話をする猶予は最早ない。報告を始めよ」

「では、某から」

天壇近くに設けられた最上座の四席、その一角に座る軍装の男が立ち上がった。

臨京を守る最後の『楯』、大水塞を預かる岩烈雷だ。

この国に残された今や数少ない良将。かつては張家軍に所属し、『鬼礼厳』の薫陶を受けたという。

「各州守備隊の大水塞への再配置は完了致しました。武具、糧食も十分であります。……禁軍の一部は未だでありますが」

「入っていないのは機動力の高い騎兵であります」

烈雷の指摘に対し、北雀は淀みなく返答した。回答策を授けておいて正解だったな。

……この男は迷っている。

今まで通り皇帝に忠誠を尽くすのか。それとも、奸臣の汚名を受けてでも国を救うかを。

全て私の策の内なのだが。一国の命運を弄ぶ。これ程の愉悦はそうない。

細面の禁軍元帥が立ち上がり、説明を続ける。

「首府周辺は湖沼多く、騎兵を動かし難い。なれど、使い方次第で大衝撃を与え得る。全軍が入城してしまえば、都を守る兵力はいなくなってしまう」

北雀は迷いを一切見せない。この点だけは大したものだ。

胸甲を叩き、烈雷へ言い切る。

「大水塞が北の馬人共を受け止める『金床』。我等は『槌』となり、敵軍を撃滅するのが、必勝の策と信ずる！　岩将軍ならば、理解してくださるであろう?」

「…………」

歴戦の将は顔を顰め、不同意の沈黙を選択した。

騎兵運用は練達の将であっても難しい。

まして——黄北雀は西冬侵攻戦で大敗を喫した男だ。

アダイ・ダダならいざ知らず、戦局を回天させる一撃を与え得るや否や？

私が内心で嘲っていると、愚帝が左手を挙げた。

「北雀、良い。都を守る兵も必要だ。分かるな？　烈雷」

「——御意」「……はっ」

愚かだ。真に愚かだ。

この瞬間、栄帝国の命運は尽きたっ！

同じ組織で育ち、今では大権を得ている優男の顔が脳裏に浮かぶ。

——見ろ、ハショ。私は弁舌だけで一国を陥落せしめたぞっ！　私の勝ちだっ‼

頬が緩みそうになるのを堪えていると、しきりに布で額の汗を拭っている貧相な男——

宰相代理、楊祭京が報告を再開した。

「次に『西域』の情勢です。現時点で反応はありません。一月程前、『鷹閣』に馬人共が攻め込んだのは判明しております」

廟堂内に緊張が走った。ようやく情報が届いたのか。余りにも遅い。

愚帝は左手で目元を覆い、右手で先を促した。

息を深く吸い込み、祭京が顔を伏せる。

「お、畏れ多きことながら……皇妹殿下も『武徳』へ到着したとの報告はなく……」

『…………』

重い沈黙が降りた。

――皇妹、光美雨。辿り着けず頓死したか。

年端もいかぬ皇族でありながら、西域へ使者として出向いたのは蛮勇であったな。

祭京の対面から、禿頭で肥えた男――副宰相、林公道が揶揄する。

「宇家軍は馬人共と交戦したのでしょう？　街道を封鎖され都へ遣いが届かぬ可能性があるのではないですかな？」

「その点は私も考えました」

未熟な祭京が不快そうに眉をひそめた。すぐさま嘲笑し返す。

「然しながら、把握する術がないのです。副宰相殿の知恵をお借りしたく」

「ふんっ。そのような仙術の如き技があれば苦労はない。依然として『南域』周辺で暴れている徐飛鷹よりは希望を持てるであろう。ああ、そう言えば――宰相代理殿」

「……何か？」

怒りで頬だけでなく禿頭まで真っ赤にした公道が、一転して蛇蝎の如き目になった。

祭京は警戒し、身構える。

「親族と家財道具を都より退避させた、との噂をお聞きしたのですが……」

「ね、根も葉もないことをっ！」

廟堂内に怒声が轟いた。

栄に名高き老宰相、楊文祥、その直系として何と無様な姿か。

憐れみすら覚えていると、目を血走らせ、祭京は礼服を振り乱し弁明した。

「我が楊家は【栄】の忠臣と自負しております。そのようなこと……断じて行っておりませぬっ！　副宰相殿こそ、屋敷を売りに出した、と専らの噂ですが？」

「す、少しでも国庫へ御返しせんとしただけだっ！」

衰亡の国とはこんなものなのだろう。私の手で綺麗に介錯してやらねばな。

天壇上の疲れ切った男が、力なく窘める。

「……公道、祭京、止めよ」

「「は、はっ」」

さしもの愚者達も恥じらい、着席した。

愚帝が感情のない声で通達する。

「……妹のことは今後気にせずとも良い。『西域』へ送り出したは、あれたっての希望によるもの。本人も十の内九は失敗すると考えていたに違いない。事此処に到り、宇家の来援は期待出来まい。『鷹閣』に敵が攻め込んだのが一ヶ月前。勝ったにせよ、負けたにせよ、何かしらはある筈。……だが現実は……」

『…………』

廟堂で幾度となく経験してきた重苦しい沈黙。

この者達が幾ら論議しようとも、戦局は覆らない。

栄の守護神は、【張護国】はもう死んだのだ。

皇帝が肘付を摑み、問う。

「烈雷、敵軍の最終的な総兵力は如何ほどか？　忖度はいらぬ」

「……はっ」

この場にいる者達で唯一、【白鬼】の下でも任に耐え得るだろう歴戦の将は、真っすぐに天壇上を見つめた。

「偵察情報によれば……多少『鷹閣』攻めに振り分けられても増援により埋められ、まずもって二十万は超えるかと」

アダイ・ダダは古の【王英】の軍略に習熟し、情報を最重視する。

徹底的に偵察部隊を狩っているだろうに、烈雷(レツライ)は敵情をここまで。大した男だ。

私が舌を巻く中、皇帝が問いを重ねる。

「北雀(ホクジャク)、我が方は？」

「各地より守備兵を掻(か)き集め、義勇兵を募り――総勢十五万程かと。内、禁軍騎兵一万が、先にも述べましたように『槌』の役割を果たす所存」

古来より、城攻めには三倍の戦力が必要とされてきた。

だが――今の玄(ゲン)軍と栄(エイ)軍の質の差は絶望的な程開いている。

大水塞は長く持ち堪(こた)えられまい。

「勝てねば……いや…………」

愚帝が言い淀む。つい数年前までこの男には苦労らしい苦労はなかった。

しかし、一年の内に老宰相と【護国】【鳳翼(ほうよく)】【虎牙(こが)】。全員が斃(たお)れようとは……。

裏で画策したアダイ・ダダこそ真の怪物なのだろう。

私がそんな【白鬼】の計画に先んじられるかもしれない――暗い喜びが込み上げてくる。

天壇上より、待っていた言葉が齎(もたら)される。

「この場にいる誰でも良い。忌憚(きたん)なき意見を述べよ。我等の劣勢を跳ね返す、起死回生の策を持つ者はおらぬか？」

『…………』


愚者達が顔を伏せ、石のように黙り込む。予定通りだ。

唯一人、北雀が一瞬だけ私へ頷いた。頃合良し。

さて――この国がどうなるかお立合い。


「畏れながら！」


私は末席より、声を張り上げた。

左頬の酷い火傷跡に視線が集中する中、中央へと進み跪く。

「黄北雀様の相談役を務めさせていただいております、田祖と申します。それ以前は、林忠道様にお仕えを……」

「陛下、田祖殿は大変な知恵者であります。私と戦局回天の策を練っておりました」

廟堂内がざわつく。好意的なものではない。

なれど――この手の蔑みに痛痒を感じていては『千狐』で生き延びることなぞ到底出来なかった。

「静まれ」

天壇上の憐れな男が、ざわつきを抑える。

溺死しそうになっている者は、無意味な藁をも摑む。いや？　死にかけの病人が薬と信じ、騙されて毒を飲む方が合っているか？

考えを弄んでいると、皇帝が縋ってきた。

「田祖……と言ったな？　策を申してみよ」

「有難き幸せ」

顔を上げると北雀の顔は強張り、血の気を喪っていた。この流れは事前に話してある。

今から、あの者の運命も決めるのだ。

「現状――国防の大問題は、大要塞に籠り敵軍を防ごうとも、外部より援軍がないことと愚考致します。だからこそ、黄北雀様は予備戦力の確保に腐心されておられる」

私は当たり前の内容を披露する。

岩烈雷の白髪混じりの片眉が不審げに動いた。

「ですが、我等の窮状は敵方にも漏れ伝わっておりましょう。勝つ為には……不意を突かねばなりませぬ」

「……不意とは？」

皇帝は苛立ちを抑えきれぬようで、指で肘付を叩き続けている。

陽がいよいよ落ちそうになり、黄昏を帯びた。

両手を勢いよく合わせ、叫ぶ、

「陛下！　国家危急の折──寛大な御心を持ち、徐飛鷹の罪を御許しください。彼の御仁と私は多少の縁があり、『陛下を救う為、都へ馳せ参じたい』と書簡が届いております」

『なっ！！？』

廟堂内が騒然となる。当然嘘だ。

雛鳥に伝えた内容は──

『都へ進軍して愚帝を廃し、【栄】を救っていただきたい』

徐家の全軍は既に都へ進軍しつつある。北雀との和解はまだだが……私の弁舌があれば何も心配はなかろう。

臣下の騒ぎを止めようともせず、皇帝は目を見開いた。

「……あの男は、楊文祥を、余が半身とも思っていた老臣を殺したのだぞ……？」

「他に術がありませぬ」

無論──他にも術はある。皇帝自らが軍を率い決戦に挑んでも良いし、死力を尽くし籠城戦を戦い抜いても良い。
問題はこの顔面を蒼白にし、狼狽える男に『覚悟』があるかどうか、なのだ。
皇帝が席を立ち、ふらつきながら奥へと下がっていく。
「**陛下っ！**」
黄北雀が悲鳴じみた声で呼び止めた。拍子で椅子が倒れる。
その顔は蒼を通り越し、雪のように白い。
『陛下は必ず決断される。私は信じている』
昨晩、決然と私へそう告げた禁軍元帥は、この期に及んでもなお決断を先延ばしにする
主君の姿に絶望を隠せていない。
壁に手をかけ、愚帝が言葉を振り絞り、
「……検討しておく。皆、御苦労だった。下がるが良い」
皇宮奥へと姿を消した。
「っ！」
北雀が近くの柱に拳を叩きつけた。目は血走り、殺気を放っている。
予定通り最後の覚悟が定まったか。
これで、徐飛鷹に頭を下げることもこの男は躊躇するまい。

顔を伏せ、私は両肩を震わせた。傍目には嗚咽のように見えているだろう。

――実際は嘲笑を堪えるのに必死だったからだが。

*

陽光煌めく鷹閣郊外に設けられた西域侵攻軍本営。

前方に見える狭隘な峡谷からはけたたましい銅鑼の音と雄叫び。少し遅れて、火薬の爆発音が轟いた。敵軍が盛んに用いる火槍であろう。

天幕内にて書類仕事に精を出していた、約十万余の西域侵攻軍を預かる私――『千算』のハショは筆を止め独白した。

「本日も派手ですね」

我が軍も、城楼に籠る宇家軍も兵の命を無駄にしたくはない。

結果――私が鷹閣の陣に帰還後は睨み合いに終始し、この一ヶ月間は直接干戈を交えず、威嚇合戦に終始している。

本軍の進撃は極めて順調と伝わる中、焦りはない、と言えば嘘になるが……。

「軍師殿、新たな資料をお持ちしました。一度私の方で目は通してあります」

入り口の熊皮が開けられ、若く快活な参謀が入って来た。玄人ではなく栄人だ。

名は魏安石。

栄に対して大河北方より侵攻している第二軍の将、魏平安の甥子だ。

机に積まれた内政用の巻物類にげんなりしつつも挨拶する。

「ああ……安石殿、お疲れ様です」

「いえ！　軍務だけでなく、前線の陣にて占領地の内政を見られている軍師殿程ではありません。お手伝いも目途がつきましたので、今日こそ叔父の下へと帰ります」

「…………」

朗らかな笑みに頬が引き攣る。数週間前に本営からの使者として鷹閣へやって来たこの青年参謀は有能で、多くの書類仕事を託していた。

広大な領土に比して、内政を行える人材に乏しい【玄】では、私のような者は職務を兼務せざるを得ない。神才であられるアダイ陛下が首府『燕京』を離れ、自ら軍を率いられているなら猶更だ。

故に——私は手を伸ばし、青年参謀の袖をがっしりと掴む。

安石の顔が先程の私と同じように引き攣る。

「……ハショ殿？　袖を離していただきたいのですが。そ、そもそも、本官は使者として来ただけでして……」

「今、貴殿に戻られてしまえば、私はこの通り」

袖を摑んだまま、顎で机上を示す。

西域侵攻軍関連だけでなく、大運河の結節点である敬陽を中心とした北辺三州から届いた書類の山、山、山。

「戦場にいながら、書類仕事で圧殺されてしまうでしょう。どうか曲げてお願いします。私をこの地で助けてくれませんか？」

「い、いえ、ですが……」

「陛下と魏平安殿には許可をいただいております」

人がいいのだろう。瞳に迷いが表れるのを確認するや、私はすぐさま畳みかけた。

使える人材は確保しなければならない。私の心の平穏の為にっ！

安石殿が情けない顔になる。

「…………ハショ殿」

「【玄】には、私や貴殿のように兵站と後方を管轄できる者が少ない。陛下はその事態を憂慮しておられます。それに、今から武功を立てようにも――」

再び火槍の轟音。

宇家軍を率いるのは姜俊兼なる老将と宇家の姫だと聞くが、戦意は極めて旺盛だ。

深い溜め息を吐く。

「……あの通りです」

袖を離して予備の碗を用意し、近くの火鉢の薬缶から白湯を注ぎ入れる。

「『蘭陽』の地で【虎牙】を喪おうとも、宇家軍の戦意は折れず。先の戦で士気を大いに高揚させてしまいました。強攻すれば大損害は必至でしょう」

「オリド殿下が行われた、『武徳』強襲策も破棄ですか？」

千年前の大英雄【皇英】の故事を模した『千崖谷』越えは壮挙だった。

……だが、失敗した。

老ベリグはオリド様の身代わりとなって戦死。北方大草原で名を馳せた多くの勇士もまた散った。白湯を啜る。

「陛下は無駄に兵を死なせることを好まれません。奴等とて馬鹿ではない。同じ策は通じません。『武徳』には厄介極まる張家の遺児達がいるのです」

安石が呻き、顔を引き締めた。

第二軍はつい数ヶ月前、大河南岸の『子柳』にて大敗を喫している。

「【張護国】の遺児達ですか」

「私も直接、兵刃を交えた経験はありません」

苦虫を噛み潰す。

――『赤狼』グエン・ギュイ殿。『灰狼』セウル・バト殿。先のベリグ殿。

張隻影と張白玲は寡兵でありながら戦場で遭遇する度、我が軍へ痛打を与えてくる。

安石と目を合わせ、素直な想いを吐露する。

「しかし、御存知の通り間接的に二度の敗北を喫しております。彼奴等に策を与えている軍師も侮れません」

二度……いや、幼き頃の兵棋での敗北を含めれば三度。私は狐尾の瑠璃に敗北を喫している。出来得ることならば恥は雪ぎたいが。碗を軽く掲げる。

「ですが同時に、陛下の天下統一は指呼の間。【三将】亡き今の【栄】に、我が軍を押し留める力はありません。……戦後の為にもこれ以上の敗北は御免被りたい。これでも、人並みの出世欲はあるのですよ。貴殿もでしょう？」

「――……同意致します」

あけすけな私の物言いに対し、栄人であるが故、裏で並々ならぬ苦労をしているであろう若き参謀は肩を竦めた。一緒に仕事をする気になってくれたようだ。

安石は空いている椅子に座ると、予備の碗へ白湯を注いだ。

「ハショ殿、一点だけ懸念が」

「……何でしょう？」

自然と声を潜ませる。

若き俊英は自分でも消化仕切れていないのか、ただ事実を提示した。

「ここ数日、妙な噂が兵達の間に広がっております」

「その話でしたか。私も耳にしています。『皇帝の妹が鷹閣にいる』とのものですね。真偽は不明ですが。何か気になることでも？」

敵の城楼に、皇族しか許されていない金黄の服を着た若い女性が立っていた――本営にもちらほらと伝わってはいる。今の所、兵隊に動揺はないものの、無視もし難い。

安石が困惑を深めた。

「『鷹閣』よりその話が洩れてくるのは理解出来るのです。しかし……一部の噂は『敬陽』より食料を運んで来た兵達から聞きました。檄文を読んだ者もおりまして、それには【玉璽】が捺されていたとも」

「……『敬陽』の兵達が？　しかも【玉璽】とは……煌帝国のですか？？」

私は言葉を繰り返し、首を捻った。どういうことだ？

子柳の地で、亡き張泰嵐により大敗を喫した栄人参謀も考え込み、碗のお湯を見つめながら零す。

「【栄】側の撹乱でしょうか？」

狐尾の瑠璃であろうか？　だが、どうやって敬陽方面に檄文をばら撒いたのだ？？　奴は張家の遺児達と共に武徳か鷹閣にいる筈だが。

明確な答えは出ず、私は肩を竦めた。

「そう考えるのが自然ではあります。ただ――魏安石殿に問います。今の【栄】にこのような搦め手を使ってくる人材が残っているでしょうか？」

すると、若き俊英は目まぐるしく思考を巡らし、表情を緩めた。

「いいえ。叔父は『**【三将】と老宰相亡き今、彼の国を支え得る人無し**』と。大水塞の守将、岩烈雷も謀を得手にはしていないようです。禁軍元帥、黄北雀は――」

「アダイ陛下の眼中にすら入らぬ生真面目な愚将。舞台で演じるのも、あれで技量が必要なのですよ。徐家の雛鳥ならば駒になり得ましょうが……」

かつて『千狐』内で競い合った男を思い出す。

北雀の下に潜入し、工作を行っているのは田祖だと聞く。頭の切れる男だが、私への対抗意識を強く持っていた。

下手な策を打ち、アダイ陛下の邪魔をしなければ良いが。

安石が匙を投げる動作をした。

「……駄目です。分かりませんな」

「油断せず情報を集め、陛下へ逐次御報告しておきましょう」

分からぬことは分からぬ。

私達にアダイ陛下の如き、全てを見通す力はないのだ。碗を置き、地図を広げる。

「『敬陽』を落とした後、我が国の領土は一気に広がりました。本物の皇妹が『鷹閣』にいるのか、いないのかは正直言って些事です。なれど……」

指で北辺を叩く。

「その噂が広く天下に信じられるのはいけません。【張護国】の処刑を恨み憎む北辺各州は、我が国の統治を受け入れつつありますが、統治の行き届いていない占領地が荒れてしまう。大運河の運航に支障が出てしまえば目も当てられません。我等は前線にいる二十数万の軍を食わせなくてはならないのです」

「人馬と船で運べる物資量の差、ですか」

「正しく」

大運河沿いを制圧することで困難な兵站問題を解決する。

アダイ陛下の大方針に異議などあろう筈がない。兵を飢えさせないことは全てに優先されるのだ。

安石と考えを共有しておく。

「無論、次善の策はあります。現地で収奪を行ってしまえば済む。大河以南の地は豊かですからね。貴方の叔父上が守られる北路と合わせれば、前線の軍を食べさせることは十分出来るでしょう」

「けれど、それは陛下の大御心にそぐわない」

私は我が意を得たり、と大きく頷いた。

――やはり、この男とは一緒に仕事をするだけの価値がある。

戦後の出世競争を見据えれば正式に推挙し、子飼いにしても良いかもしれない。

未来の構想を脳裏に書き記し、講義する。

「私達が為すべきことは『占領』ではなく『統治』です。現地での収奪は人心を離れさせ、抵抗運動を激化させるでしょう。陛下がそのような愚策を取られるとは思いません」

栄帝国を焦土にするのは容易い。事実、我が軍は各戦場で幾度となく行ってもいる。

――だがしかし。

「我が軍は野戦ならば無敵です。なれど、少数の敵に各地で蠢動されると勝手が違う。まともに戦おうとしない土竜全ては殺せません」

『鷹閣』の封鎖を──特に夜間のそれを強化し、敵の義勇兵受け入れを防ぎましょう。今は少数ですが、流入が見られます。陣中での噂も厳禁に」

「お願いします」

安石が白湯を飲み干し、席を立った。

この俊英に陣中の諸問題を対応してもらえるならば、私の負担は相当減るだろう。

後は本軍が臨京を落とすまで待っていれば、天下の統一は──。

「**軍師殿！　い、一大事──一大事でありますっ‼**」

突如、泡を喰った様子で西冬軍の若い将が天幕に飛び込んできた。

蘭陽の会戦にも参加した歴戦なのだが、そうとは思えない程に狼狽している。

私は意図的に冷静を装い問う。

「何か？」

「こ、こちらを」

差し出された書状を受け取り、安石と共に確認し驚愕する。

「！　そんな、あり得ないっ。張家軍が『敬陽』を目指している？　しかも、率いているのは、張隻影と張白玲ですと⁉」

「そうか……おのれっ！　またしても、奴の策かっ‼」

張家の遺児へ知恵を授ける軍師、狐尾の瑠璃。我が宿敵は本来あり得ぬ大博打を提案したのだ。私の耳目が鷹閣に向いている間によもや敬陽を狙おうとは……。

数多の虎住まう『虎山』を寡兵で越えたか。何という命知らずな真似を。

羽扇を手にし、隣の若き参謀へ指示を出す。

「安石殿。軍の選抜を。また、【黒狼】に――ギセン殿にも急ぎ伝令をお願いします」

瑠璃の軍略と精鋭揃いの張家軍は寡兵でも侮れない。

しかも、張隻影と張白玲は【張護国】の血と誇りを継いでいるのだ。

「文面は――『**張家軍、敬陽に迫りつつあり。至急来援請う**』。北辺において【張護国】が持つ影響力は皇妹の檄文を遥かに上回ります。ただちに行動せねば……『敬陽』すら失陥しかねません。彼の地は大運河の結節点であり、兵站の大集積地なのです」

＊

「隻影の旦那、見えたぜ――『敬陽』の守備隊だ。数は三千以上！　歩兵のあの装備は……噂に聞く【西冬】製の重鎧だな。両翼は【玄】の軽騎兵。それぞれ約五百‼　本陣近くにも、予備の重装騎兵がいやがる」

自ら見張り用の梯子に登り、敵軍を偵察していた岩子豪の大声が耳朶を打った。図体の割に身が軽いな。

俺も愛馬の黒い鬣を撫で、地平線に目を細める。

天候は晴朗。砂埃を舞わせる風も無し。

空気がこれだけ澄んでいれば――見えた。

「こっちでも『敬陽』南壁と敵軍を視認した。お前の言う通り、数こそ少ないが【西冬】の虎の子重装騎兵までいるな。火槍兵の部隊、大型投石器、ついでに言えば壕もなし。俺達の進撃が早過ぎて準備が間に合わず、野戦に打って出ざるを得なかったんだろう」

『！』

巨大な【張】の軍旗がはためく下、隊列を整えていた兵達がざわつく。

ん？　何を驚いているんだ？？

器用に梯子を降りてきた子豪が愛馬に跨り、元山賊の部下から兜を受け取った。

今や庭破と並ぶ前線指揮官の男は、戦斧を手に嘆息する。

「……いや、何でこの距離で見えるんだよ。あんたは鷹か？」

『毎回おかしいと思いますっ！』

周囲の古参兵達までもが一斉に唱和。

くっ！　これだから、戦慣れした連中はっ！

な、なら、付き合いの短い連中なら——

「普通は見えませぬな。軍にもおりません」『変だと思いますっ！』

俺の近くで騎乗し、ボロボロな鎧兜を身に着けた、槍を持つ二十代後半の美男子——数年前までは禁軍で将来を約束されていた、と嘯いている段孝然と、彼が集めた義勇兵達があっさりと否定してきた。皆、緊張こそしているが笑顔だ。

数度の戦いを経て張家軍に馴染んできたか。

「お前らなぁ……ったく」

俺はわざとらしく顔を顰め、手綱を軽く引いた。

武徳北方——猛虎住まう人跡無き山嶺を越え、『敬陽』への進軍を開始して早二週間が経っている。

その間、千足らずの小勢とはいえ、俺と白玲が前線で【天剣】を振るって士気を鼓舞し、庭破と子豪も部隊指揮の練達者。兵隊は死戦場を生き延びてきた歴戦の猛者揃い。

そこへ瑠璃の軍略が加わった結果——俺達は後方警備を担当していた敵の小部隊に下山

以来、連戦連勝。

途中、都で親父殿の処刑を見届けた後、故郷へと戻り、密かに兵を募っていたという段孝然率いる義勇兵約二百が合流してきたことも合わさり、士気は天を衝く程に高い。

瑠璃が文面を作成し、道中で美雨が【玉璽】をせっせと捺した檄文も敬陽近辺の州、都市、村落へばら撒いていて、各地から続々と応答も届き始めている。

孝然達の動きも含め、伝わるのが少し早すぎる気はするが……何でも『**張家の遺児達が憂国の皇妹と共に兵を挙げる**』という噂が出回っていたらしい。奇妙ではある。

俺はそんな考えを噯にも出さず、悠然と愛馬『絶影』を隊列前に進め、昨晩、うちの軍師様と交わした会話を思い出す。

『あんたと白玲には改めて伝えておくわね。今の兵数で敬陽そのものを一撃で落とすのは困難よ。でも、敵の野戦軍を舞い戻りし張隻影と張白玲率いる張家軍が撃破した、という事実は瞬く間に天下へ広まる。そうなれば、檄文と合わせ兵を集められるわ』

相手は三千。こっちは約千。

平然と三倍の差があるのに負けるとは毛筋ほども考えていないんだよな、あいつ。本営にいる皇妹殿下に妙な影響を与えないといいんだが。

子豪と孝然が揶揄してくる。

「わざわざ梯子に登った俺の立場がねぇだろうが」「【今皇英】様も困り者ですな」

「見えちまったんだから仕方ない」

わざと素っ気なく応じつつも、頬が緩みそうになる。

左翼を任せた庭破と同じくこの二人は将器だ。

戦の前に兵達へ、将の普段と同じ姿を見せることがどれだけ重要かを知っている。

今の栄で在野にこれ程の人材がいようとはっ！

親父殿と礼厳が生きていたら、美味い酒が飲めただろう。

「ち、張将軍！」

頬を紅潮させた西域出身の少年兵が馬を寄せ、矢筒を差し出してきたので「応！　ありがとうな」と礼を言い、小さな黒髪の頭をやや乱暴に掻き乱す。

すると、薄い褐色肌の少年兵は嬉しそうに下がっていった。

──俺が『張将軍』とはな。むず痒い。

そう言えば、明鈴の無理難題を素直に聞き、【栄】をほぼ縦断。つい二日前に使者として戻って来ちまった空燕も『将軍とお呼びした方が……？』だなんて言ってやがったな。

後で説教をしなければ。いや、王明鈴と伯母上、張彩雲の危険性を教えなかった俺が悪いのか？　『あんな危ない贋物』を運んで来やがって……。

敵軍の布陣を確認し終え、俺はやり取りを黙って見ていた子豪達へ片目を瞑る。

「ま、そうまで言うなら名誉挽回の機会をやろう。俺はこう見えて、進言を聞く質だ。命令！　『子豪隊と孝然隊は前方の敵軍を撃滅すべしっ！』」

「鬼かよっ！」「誰しも貴方のようには……此処は一つ子豪殿だけで穏便に」

「おいぃぃ⁉」「これも禁軍で覚えた処世術にて」

どっ、と隊列の兵達が沸いた。

正面に見える敵軍の軍旗と長槍の穂先が、動揺で揺れる。

――気分転換はこんなもんだろう。

「隻影、戦場ですよ？　あんまり遊ばないでください」

本営へ顔を出していた白玲が、白馬『月影』を駆り俺の隣へ颯爽と戻って来た。

西域の軍装と相まって、その姿たるや正しく軍記物語に登場する美しき姫武将！

兵士達の士気が更に高揚し、互いに拳を突き付け合う。

何時の時代も現金なもんだ。千年前とまるで変わらん。

頬っぺたを白玲の細い指で突かれる。

「あ、遊んでねーよ」「……信じられません」

「ほ、本当だって」「……むー」

俺は不満気な銀髪の少女を手で制しながら、後方を確認。

そこには、軽鎧（けいがい）を着た朝霞（アサカ）率いる約百名が騎馬で付き従っていた。『敬陽（ケイヨウ）』以来の歴戦の者が過半を占めている。……事前の話と違うんだが？

銀髪を手で払い、白玲（ハクレイ）が凛（りん）と指示を出す。

「子豪（シゴウ）、貴方（あなた）は右翼を。段孝然（ダンコウゼン）、貴方は本営守備を。以後は瑠璃（ルリ）さんに従ってください」

「了解だぜっ！」「心得ました」

元山賊と元禁軍士官は叩（たた）きつけるように敬礼するや、動き始めた。

戦勝に次ぐ戦勝。そして、敵地の真っただ中にもかかわらず、日に三度の温かい飯を出す神業を見せているうちの軍師様への信頼は、今や信仰にまで昇華している。

頬を掻き、俺は白玲（ハクレイ）へ指摘した。

「……お前も本営っていう話じゃ？」

「貴方一人だと『やり過ぎるかも』と瑠璃（ルリ）さんが仰（おっしゃ）ったので」

馬を寄せ、白玲（ハクレイ）が俺の服についたごみを手で取っていく。

あの仙娘（せんこ）めっ！　わざと、わざとだなっ⁉

「信頼がねぇなぁ」

「日頃の行いです。――……そもそも」

白玲がジト目になり、睨んできた。

正直に言う。敵軍よりも余程怖い。

「私まで外したのがおかしかったんです。今晩はお説教をします」

「お、おぅ……」

山越えをなした後はお互いに隊を率いての行動が多かったせいで、一緒の時間が余り作れていなかった。日課の夜話だけじゃ足らなかったようだ。

「隻影様が悪い」「白玲御嬢様が正しいです」「怒られろー」「俺達にも美味い酒を飲ませろー」「とっとと結婚しちまえー」「え？　あの御二人って夫婦じゃないんですか⁉」

兵達がここぞとばかりにからかってくる。お前ら、戦の前だぞ？　前なんだぞ？？

白玲も少しだけ頬を染め、詰ってきた。

「……隻影」「お、俺のせいじゃない！」

銀髪少女とやり取りをしていると、西冬軍の戦列から角笛が吹き鳴らされた。

突撃準備が整ったようだ。俺は白玲に片目を瞑る。

「さて、と――行くかぁ」「ええ」

二人同時に弓を引き絞り、矢を放つ。
追い風を受け飛翔した矢は、
『ッ⁉』
敵軍の軍旗を見事にへし折り、落下させた。
嬉しそうに白玲が顔を綻ばすのを横目で認識し、号令する。
「良しっ！　お前等、勝つぞっ‼　勝って――俺達の故郷を、『敬陽』を取り戻すっ‼
何時も通り俺と白玲の背中についてこいっ！！！！」
『オオオオオオオオオオオオオオオオオオ！！！！！！！！！！！』
兵達は地響きもかくやという咆哮で応じ、先陣を切った俺達の後へ続く。
――既に瑠璃の策は動き始めている。
それが成すまで俺達は前線で奮闘する、簡単なお仕事だ。
疾風の如く、愛馬『絶影』は戦場を駆ける。
白玲と並走しながら競うかのように敵将や部隊長を射貫き、脱落させていく。
あえて止めは刺さない。

一人の負傷者を助ける為には複数名の兵が必要――戦場の過酷な常識だ。

あっという間に数十本の矢を使い果たし、俺は矢筒を投げ捨て【黒星】を抜き放つ。

「おのれっ！」「たかだか一騎にっ」「これ以上はさせぬ」

まだ矢を放ち終えていない白玲を狙い、数騎の敵騎兵が憤怒の表情で突っ込んで来た。

後方で戦っていた朝霞達が援護の矢を放つも止まらない。

刺し違えるつもりか。敵ながらやるっ。

即断し、白玲と敵騎兵の間に愛馬を無造作に割り込ませる。

「隻影！」

後方で幼馴染の銀髪少女が叫ぶ中、鋭き片刃の剣、槍、片手斧が俺に迫り――

「「「なっ⁉」」」

次の瞬間、敵騎兵達は自分の身に何が起こったのか理解出来ないまま、武器と金属鎧を切断され落馬、絶命した。

『～～～⁉』

敵軍にはっきり分かる程の動揺が走る。今の連中は選り抜きの精鋭だったのだろう。

敵軍の動きが鈍くなる。士気が落ちたのだ。

周囲の戦況を確認すると、右翼も左翼も味方が優勢。これならば。

「あ、いつは……ち、張隻影っ！　決して折れぬ黒剣を振るう張隻影だっ‼」

突然、敵兵の誰かが悲鳴をあげた。漣が広がっていく。

「張隻影？」「『赤狼』と『灰狼』を倒した、あの⁉」「【張護国】の忘れ形見っ！」「【白鬼】が唯一恐れる怪物」「立ち塞がった者は鬼でも殺す……【今皇英】！」

あれ程勇猛果敢に戦っていた敵軍が勝手に崩れ、及び腰になっていく。

俺は愛馬に一息入れさせ、黒剣を肩に載せた。

「ふむ……俺も中々有名になったもんだ」

「ふざけないっ！　それと——前です！」

白玲が矢筒を捨て腰の【白星】を抜き、切っ先を敵陣へ向けた。

鈍色に光る鎧兜を身に纏い、長槍と大楯を持つ西冬が誇る重装騎兵！

俺は眉をひそめる。

「総予備が出て来たか」

「少し早いですが、瑠璃さんの見立て通りです。どうしますか？」

「山を越えてから、小戦ばかりだったよな」

俺は何でもないかのように呟く。

朝霞達が集結してくるのを認識し、

「ここらで『【張護国】の娘、張白玲が来たぞ！』と、満天下に広める一手は悪くないと思うんだが？　如何でしょうか——雪姫様」

幼名は本人だけに聴こえるよう提案する。

すると、首筋を真っ赤にしながら、白玲は唇を尖らせた。

「……どうして、そこで自分じゃなく、私を表舞台に立たせようとするんですか？　仮にも、姉に対する態度がなっていません。再教育が必要です」

「お～こぇー、こぇー」

餓鬼っぽくおどけると、兵達が失笑を漏らす。

止んでいた風が吹き、新しい土の匂いを鼻へと運んできた——庭破はもう少しか。

愛剣の切っ先を敵重装騎兵の隊列へ向け、再提案。

「じゃあ——『**憂国の皇妹殿下が軍を率いて立ち上がり、三倍の敬陽守備隊を打ち破った！**』だな。風を吹かせる仙術を使う仙娘様の話も織り交ぜて」

「美雨さんはともかく、瑠璃さんに怒られるのは貴方だけにしてくださいね」

幼馴染の少女はつれない。

ま、横顔は微笑んでるから良しっ。

「白玲！　俺の後を――」「遅れないでくださいね、隻影♪」

銀髪蒼眼の少女は心底嬉しそうに、機先を制し単騎で突撃を開始した。

戦場で見せる表情じゃないってのっ！

すぐさま愛馬を走らせ並走。朝霞達も遅れじ、と追走してくる。

『**っ！？！！！**』

衝撃力で勝る自分達へ、軽騎兵に過ぎない俺達が真正面から挑んで来るとは思わなかったのだろう。敵兵の長槍が迷いで揺れる。

「――**構えっ！　ってぇ!!**」

横合いから、聴き馴染みのある西域古参兵の命令と轟音が鳴り響き、一部の重装騎兵が落馬した。味方騎馬の隊列は動じない。

肩越しに確認すると、オトの隊から分派された火槍隊が援護射撃を開始していた。

オトが『**この者達をお連れください。なお、隻影様に拒否権はありませんっ！**』と、無理矢理参陣させてきたのだが――よく働く。

一気に距離を詰め、白玲と共に剣を振るい敵陣を突破する。

「雑兵に構うなっ！」「目指すは敵本陣ですっ！」

『応っ！！！！』

俺達の蛮勇が伝播(でんぱ)し、兵達も敵重装騎兵を取り囲み、一人、また一人と討ち取っていく。

衝撃力と防御力が幾ら優れていても、技量と士気で圧倒的に勝る張家軍(ちょうかぐん)を止められるものかよっ！

途中、果敢に挑みかかってきた壮年の敵将を大楯ごと斬り捨て、俺は戦場を見渡した。

——そろそろな筈(はず)なんだが。

「隻影(セキエイ)！　あれをっ‼」

俺の隣で白剣を振るう白玲(ハクレイ)が敵本陣左後方のほんの小さな丘を指さした。

——『張(チョウ)』。

巨大な軍旗が靡(なび)き、敵軍を睥睨(へいげい)している。

庭破(ティハ)め。左翼に精鋭を集めたとはいえ、兵数的には五分の敵騎兵を打ち破ったか！

切り札だった重装騎兵を破られ、崩壊寸前だった敵軍が遂(つい)に崩れる。

「だ、駄目だっ！」「逃げないと、全滅だぁぁ」「て、撤退だ。『敬陽(ケイヨウ)』へ撤退せよっ」

武器を、鎧兜を、一部の者は疲れた馬すらも捨て、ひたすらに逃げていく。

丘に軍旗を立てた友軍がすぐさま追撃を敢行する中、左翼隊を指揮していた青年武将が俺達の下へと馬を走らせてきた。

「隻影（セキエイ）様っ！　白玲（ハクレイ）様っ！　遅れて申し訳ありません」

今や、張家軍副将として恥じぬ力量を手に入れた男へ、俺と白玲（ハクレイ）は兵隊から離れ迅速に指示を出す。開戦時よりも遥（はる）かに近づいた南門へ目を細める。

「庭破（ティハ）、追撃は適度な所で止めろ。攻城兵器がない以上、今すぐ『敬陽（ケイヨウ）』は落とせん。……奴等（やつら）だって馬鹿じゃないんだ。突っ込んだところを弩（いしゆみ）や火槍で狙ってくるぞ。それよりも負傷者の手当と物資回収を急げ」

「私達は今回の勝利を最大限活用しなければなりません。多少大袈裟（おおげさ）でも構いません。例の檄文（げきぶん）も絡（から）め、各村落へ吹聴（ふいちょう）するよう手配を」

「はっ！」

仕事の出来る副将は兵を纏め、すぐさま動き始めた。俺達の護衛は——朝霞（アサカ）の隊が務めてくれるようだ。

潰走した敵軍が敬陽（ケイヨウ）の城門へ吸い込まれ、巨大な門が閉まっていくのが見えた。

……次来る時は、故郷を返してもらう。

白玲（ハクレイ）が馬を寄せ、俺の身体（からだ）に触れる。

「お、おい」「怪我の確認です。」

頑とした態度。こうなったこいつを止める術はない。

なされるがままにされつつ、思考を巡らす。

――千足らずの兵で三倍の西冬軍を撃破、か。

今までの勝利とは訳が違うな。もしかしたら、本当に全てが上手く……。

騎馬の隊列が分かれ、青帽子を被った金髪翠眼の軍師様が馬で飛び込んで来た。

「……あんたたちぃぃ～……」

「ひっ！」「る、瑠璃さん」

自然と悲鳴が口から零れ、白玲ですら俺に抱き着く。

幻覚だろうか？　瑠璃の前髪が立ち上がり、背後に黒い炎が見えるような……。

小さな手で『馬から降りなさい★』と命じられ、二人仲良く地面へと降り立つ。

は、白玲、俺を楯にすんなっ！

そんな俺達を冷たく見つめていた瑠璃も下馬し、近づいてくる。

さっきまで戦っていた西冬兵よりも怖いんだが……。

瑠璃は武徳を出立する際、オトに預けた遠眼鏡の代わりに贈られた白羽の扇子を取り出し、俺の頬へ押し付けてきた。

「――……で？　指示を待たずに相手の重装騎兵へ正面突撃した弁明は？？」

い、いかん、目がマジだ。間違えれば……泣くまで兵棋を打たされる。そして、その分夜話が減って白玲にも拗ねられる。

千年前を生きた【皇英】の記憶に縋り――俺は答えを導き出した。

なおも小さくなって背中に隠れ続ける、張白玲を押し出す。

「こ、このお姫様が『偶には私も暴れたいです』と目で訴えてきたんだ。俺に拒否権はなかった。よって――張白玲が悪いっ！」

「なっ！　そ、そんなことありません。瑠璃さん、冤罪。これは冤罪ですっ‼」

「最悪でも連帯責任だっての！」

「貴方の罪は貴方の罪。私の罪は貴方の罪ですっ！」

「そんな馬鹿なっ！」

汚い。張白玲、汚い。俺にだけ子供じみたことを言うなんてっ。

扇子を引き瑠璃が呆れる。

「はいはい。何時も通り、張隻影は張白玲を甘やかして、張白玲は張隻影に甘えた、ってことね？　さぞ楽しかったでしょうよ。私に皇妹の世話を押し付けておいてねぇ」

「「うっ！」」

俺達は痛いところを突かれ、視線を泳がせた。

うちの軍師様は何せ弓も騎馬も達者。最前線を駆け回り、縦横無尽に策を巡らすことも厭わない。けれど、今回は戦場に慣れていない美雨がいたから……。

懐から水筒を取り出し、瑠璃へ手渡す。

「あ～この後はどうする？」

「予定通りよ。今回の勝利を喧伝して兵を集めるわ。……今晩、覚悟してなさい」

何の躊躇もなく水筒を受け取り、豪快に中身を飲み干す。

お説教付き兵棋は確定らしい。

頬を膨らませジト目な白玲を意図的に無視し、金髪の仙娘へ聞く。

「で――美雨は？」

「空燕に任せているわ」

瑠璃は青帽子を外して埃をはたき、顎で本営を示した。

ああ、ぶっ倒れているのか。

千単位の軍がぶつかる本格的な会戦は初めてだったろうし、二週間に亘る野営生活。無理もない。

兵達のことは庭破、子豪、孝然へ任せればいいし、

「白玲(ハクレイ)、瑠璃(ルリ)、俺達は本営で指揮と美雨(ミウ)の様子を――」

最後まで俺が言い終えようとした、正にその時だった。

『～～～～～～～～～～～～～～～！！！！！！！！！！！！！！！』

大気を震わす程の雄叫(おたけ)びが、前方の都市内から発せられ、城門の最上部に掲げられていた【玄(ゲン)】の巨大な軍旗が引きずりおろされるのがはっきりと見えた。

更に銅鑼(どら)のけたたましい音が鳴り響き、堅く閉じられていた城門がゆっくりと開き、出て来た数名の老兵達が、ボロボロの軍旗を地面へと突き刺す。

――【張(チョウ)】――。

「「「っ!?」」」『なっ！』

俺達だけでなく、朝霞(アサカ)達も呆然(ぼうぜん)とする。

ま、まさか……そんな…………奇跡みたいなこと、起こりえるわけが！

「隻影(セキエイ)！」「行くわよっ！」

「お、おうっ！」

騎乗した少女達に促され、俺も慌てて愛馬に跨(また)がる。

不安と期待とが入り交じり、心臓が早鐘の如(ごと)き脈を打った。

*

その歓声は本営の天幕だけでなく、大気をも揺るがす物凄(ものすご)いものでした。

「な、何が……？」

初めて経験する本格的な戦場の凄惨な光景に当てられてしまい、馬を降り、日除(ひよ)けの天幕の下で横になっていた私は身を竦(すく)ませました。

味方は……勝った、筈です。

『あの馬鹿二人っ！　美雨(ミウ)、あんたは休んでいなさい』

そう怒り、指揮を執られていた瑠璃(ルリ)さんは私へ告げ前線へ向かわれました。

でも……だったら、この声はいったい？

よろよろと立ち上がり天幕を出ると、つい先日、遥々(はるばる)『南域』から王(オウ)家の使者として張家軍に合流し、私の護衛についてくれている異国の少年――空燕(クウエン)さんが、岩の上に立っていました。手には、布で包まれた長い棒を持っています。

瑠璃(ルリ)さん曰(いわ)く『今日は使わないわね』とのことでした。

中身は……皇帝家の一員としては複雑な代物です。大河以北を喪った五十余前ですら、戦場で掲げられなかった代物なので。

すると、十三歳だという少年が振り返りました。

瞳は感動の涙で潤み、頰は紅潮しています。本営に残る老兵達も同様です。

少年が私へ手を伸ばしてきました。

「皇妹殿下、こちらへ――絶対に見た方が良いと思います」

「公的な場以外では美雨で構いません」

温かいけれど、鍛錬で硬くなった少年の手を握りしめ、私は岩へと登ります。

そして――

「！　こ、これって⁉」

口元を押さえ、息を吞みました。

敬陽の巨大な南門は今や大きく開き、そこから無数の民衆が列をなし、下馬した隻影さんと、隻影さんの胸に抱かれた白玲さんへ向け深々と頭を垂れていたからです。

まさか、そんな……敬陽の民達が蜂起した⁉

呆気(あっけ)に取られ、更に状況を観察していると、城壁上にも人々は鈴生(すずな)りに集い、手に持つ大小の旗を右へ左へと振っています。

ただ――描かれているのは【張(チョウ)】だけ。

そこには【栄(エイ)】も、ましてや皇帝家を示す【光(コウ)】の文字もありません。

「……っ」

私は胸に鋭い痛みを覚え、歯を食い縛りました。

分かっていたことです。この地の人々は……もう私達の一族を必要としては。

でも、必死にあの背中を、隻影(セキエイ)さんと白玲(ハクレイ)さんの背中を追いかければきっと。

「あの御方達の真似(まね)はしない方が良いと思います。同じようには出来ませんから」

「――……え？」

突然、隣の空燕(クウエン)さんが口を開きました。二人の真似はしない方が良い？

私はまじまじとその幼いながらも整った横顔を見つめてしまいます。

すると、それに構わず異国の少年は続けました。

「**『双星の天剣(てんけん)振るいし者。それ即(すなわ)ち英傑。地上に降り立った戦神の化身なり』**――今はもうない僕の故郷の伝承です。そんな人達の真似を幾らしても転ぶだけだと思います」

大人びた微笑(ほほえ)みを浮かべ、空燕(クウエン)さんが私を見ました。

軽鎧を叩き、自分の考えを教えてくれます。

「だから、僕は僕なりに成長して――張家の御二人の助けになりたいと思っています。僕と妹の命を救っていただいた恩義を返したいんです」

「…………」

この子、籠の鳥だった私なんかよりもずっと大人です。

今以上に私も覚悟を固めないと。

『張隻影様、万歳っ！　張白玲様、万歳っ！　張泰嵐様――万々歳っ！！！！！』

人々の歓喜の咆哮が大地を揺るがします。

吹き始めた風が、胸の小袋を握りしめる私の薄茶髪を大きく靡かせました。

「『敬陽』各所に敵兵の姿はありません。完全に掃討し終えたようです」

「北辺各地より、張家軍への合流を求める書簡が続々と届いております」

「また、近郊の村落より食料が。隻影様と白玲様にもお目通り願いたいと」

「どうも、このような皇妹殿下の檄文が出回っているようです」

朝からひっきりなしに伝令が執務室へ飛び込んでは新たな報告を届け、また走り去っていく。皆、疲労を感じていない筈はないんだが笑顔だ。

同時に。俺の目の前の執務机には巻物や書状が着々と増え、積まれていく。

「いや、おかしいだろ……」

どうして、俺は敬陽に、張家の屋敷にいて書類仕事をこなしてるんだ？

今から一週間前——俺達は敬陽南部で敵軍約三千を野戦で撃破した。そのこと自体は快挙だと言っていい。

何せ、俺や白玲（ハクレイ）、軍師の瑠璃（ルリ）だってこの一戦で都市自体を奪還出来るとは思っていなかった。攻城兵器もなければ、兵の数だってまるで足りないからだ。

野戦の勝利に『憂国の皇妹・光美雨（コウミウ）』の名。そして、【伝国の玉璽（でんこくのぎょくじ）】の印付き檄文をばら撒（ま）くことで、兵を掻（か）き集め第二戦で奪還する気だったんだが。

「まさか、住民達が自力で追い出すとはなぁ……」

南門が開き、十数万の民衆が蜂起した結果、この地を守っていた玄（ゲン）軍と西冬（セイトウ）軍は『抗戦不能』と早々に判断し潰走していったのだ。

千年前だってこんなことはなかった。【張護国（チョウごこく）】の人徳が起こしたとんでもない奇跡だ。白玲（ハクレイ）なんて泣いていたし……。

背もたれに身体（からだ）を預けると、丸窓の外に天高く飛ぶ鳥が見えた。

よい天気だな。『絶影（ぜつえい）』を走らせに行きたいもんだ……。

俺が現実逃避をしていると、開け放たれた入り口から、西域の民族衣装姿の白玲（ハクレイ）と美雨（ミウ）が連れ立って入ってきた。苛烈な戦場の現実に大きな衝撃を受けた皇妹も、自分の中で咀嚼（そしゃく）出来たのだろう、敬陽（ケイヨウ）入城後は【玉璽】付の檄文を一心不乱に量産している。

俺と机の上の惨状を眺めた後、銀髪少女が意地悪な笑み。

「隻影（セキエイ）、手を止めないでください。貴方（あなた）の大好きな書類仕事なんですよ」

「わ、分かってるっての」

そうだ。俺の夢は地方文官。

この程度の試練で夢を諦めてなるものかっ。

気力を振り絞っていると、左隣に白玲(ハクレイ)が腰かけ、瞬(また)く間に書状を処理し始めた。

ま、負けないっ。俺は負けないっ！

「でも、こんなことになるなんて。瑠璃(ルリ)さんが文面を考えた檄文の力は凄(すご)いんですね。隻(セキ)影(エイ)さん、お願いします」

「ん？　お～」

右隣に腰かけ、机に黒小箱を置いた美雨(ミウ)が【黒鍵】を差し出してきた。

俺が箱を預けたことは白玲(ハクレイ)と瑠璃(ルリ)にすぐバレてしまい、今は……。

『隻影(セキエイ)さんが鍵を開けて、【玉璽】を取り出してください。仕舞う時も同様です』

という運用が成されている。

オドオドしていた皇妹がこんな提案をしてくるとは。

黒小箱を開け、黄金色に輝く【玉璽】を取り出す。

「瑠璃(ルリ)は凄い奴(やつ)だ。そいつは認める。だけどなぁ……」

「手・を・う・ご・か・す。何をそんなに気にしているんです？」

白玲が筆を動かしながら、会話に加わってきた。

ずっしりと重い【玉璽】を美雨へ放り投げ、

「わっ！」「早過ぎる、と思わないか？」

両手で受け取ったのを横目で確認し、声色を変える。

白玲も空気が変わったのを察して筆を止め、俺を見た。

「確かに俺達は此処に至るまで大小十数の戦を連戦し――悉く勝った。瑠璃が考えた檄文を各地にばら撒いてもいる。【玉璽】付でな」

「……アハハ。捺し過ぎで、手が痛くなりました」

美雨が右手をひらひらとさせる。

手伝うか？　と提案したのだが……案外と頑固なんだよな、こいつも。

賞賛を込めて片目を瞑る。

「その効果に疑いはない。実際、それを見越してもいた」

「けれど――想定よりも伝播が早過ぎる。異常な程に」

白玲が後を引き取った。

流石は俺の幼馴染。同じ疑念を持っていたようだ。大きく頷き、良質な紙で作られた謎の檄文を机に取り出す。

「ああ。しかも、こいつを見てくれ」

「？」

白玲(ハクレイ)と美雨(ミウ)が腰を浮かし、覗(のぞ)きこんできた。

かなりの達筆で、【玉璽】に似た印も捺されている。

なお、俺や白玲(ハクレイ)でも、瑠璃(ルリ)でも、美雨(ミウ)の字でもない。


『憂国の志持つ者よ、【天剣】持つ我と皇妹殿下の下に来たれ。

我が国は今こそ汝(なんじ)を求めているっ！

北の馬人共を共に打ち倒し、戦局を回天するのだ。

張隻影(チョウセキエイ)』

少女達は「「…………」」何とも言えない顔になる。

明らかに異なる印を指で叩き、俺は説明。

「さっき面接した義勇兵が持って来た。本人は都に近い『水州(スイシュウ)』の外れでこいつを手に入れたんだと。……三週間前にな。その時の俺達は虎と遊んでた頃だぜ？」

つまり、こいつは偽造された代物だ。

敬陽(ケイヨウ)の住民達はこいつを読んでいたが故に、絶好機で蜂起出来たのだろう。

……だからこそ分からない。

各州にばら撒くには人も金も必要だ。誰がこんな真似を。

白玲(ハクレイ)達なら何かしらの知恵が――

「隻影(セキエイ)、貴方いつの間にこんな物を。瑠璃(ルリ)さんが見たら添削されますよ？」

「【玉璽】まで偽造したんですか？　隻影(セキエイ)さん……」

出てこず。それどころか少女達は軽蔑するように詰(なじ)ってきた。ひでぇ。

やさぐれながら、ジト目。

「……張白玲(チョウハクレイ)さん？　光美雨(コウミウ)様？」

「冗談です」「こ、こういう風に返すと、隻影(セキエイ)さんが喜ぶわよ、って瑠璃(ルリ)さんが」

銀髪蒼眼(そうがん)の姫はお澄まし顔で。長い薄茶髪の皇妹殿下はあわあわしながら、答えてきた。

白玲(ハクレイ)はともかくとしても、だ。

「美雨(ミウ)、真似する相手は選べ。あの仙娘(せんこ)様は頭が切れすぎるせいか、人をからかって遊ぶ
悪癖持ちなんだ。俺の心の平穏はどうなる？」

「えっと……そう言われたら『**でも、私が生真面目(きまじめ)、超優秀軍師だったら、あんたは絶対**

に拾わなかったでしょう？　つまらないって』と返しておきなさい、って」

「グググ……」

お、おのれ、【双六最弱】の瑠璃っ！　俺の思考を先んじて読むとはっ‼

白玲が容赦なく止めを刺してくる。

「隻影、諦めてください。貴方が瑠璃さんに勝てるのは武芸の腕と双六だけです」

「り、料理の腕と『闘茶』だって勝つ！　……ったく。話を戻すぞ」

黒髪を掻き乱し、俺は両手を広げた。

眼前の偽檄文へ目を断じる。

「時系列を考えれば、こいつは俺達がばら撒いた代物じゃない」

「じゃあ……」「誰かが全く別の檄文を？」

「そういうことになるな」

どう見ても個人の仕業じゃない。明鈴ならやれるだろうが、あいつは南域だ。

いったい、何処のどいつだ？

「何よ？　まだ書類仕事が終わってないわけ？　地方文官志望の張隻影さん」

青帽子に黒猫のユイを入れ、瑠璃が部屋へ入って来た。ここ数日は庭破、岩子豪、段孝然、護衛の空燕を引き連れ、特に手薄な敬陽南部の野戦陣地構築や地形視察を進めていたのだ。

　俺は反論を試みる。

「……瑠璃さん、先日の戦以来、俺への当たりがキツイと思うのですが……」

「自意識過剰よ。今朝方『武徳』から物資が届いたわ。万が一の時、苦肉の策を行う場所と『例の偽軍旗』を使う場所は決めてきたから。後で確認して」

「……分かった」

　駄目だ、口では勝てない。護衛につけた空燕もさぞかし疲れたことだろう。後で詫びの砂糖菓子でも持っていかないと。

　瑠璃は俺へ黒猫入りの青帽子を渡すや、執務机に腰かけた。

「で？　みんなして、そんな微妙な顔をしてどうしたの？？」

「あ～……例の謎檄文が気味悪くてな。実物だ」

　ユイがちょっかいを出す前に、書状を手渡す。

　金髪の軍師は素早く目を通すや――深い深い溜め息を吐いた。

「……隻影……」

「お、俺じゃないからな⁉」

　三人共酷いと思う。青帽子の中のユイが早く撫でろ、と鳴いた。お前もかよ。

偽檄文を放り出し、瑠璃が細い足を組んだ。

「分かっているわよ。あんたにこういう小賢しさがあったら、とっくに【白鬼】の配下で筆頭元帥になっているわ。気に入られたら嫁を貰って皇族かしら。でも――張隻影って人は、生き方がとことん不器用なのよね」

褒められているんだか、貶されているんだか。

左隣の白玲も「小賢しくなくて良かったです」と独白し、美雨は黒猫を撫でるか、撫でないか、真剣に迷っている。こいつら……。

金髪翠眼の軍師が断じた。

「誰かが裏で大規模に動いているんでしょう。目的は不明だけれど、その結果――敵軍の動きが鈍く、私達は『敬陽』を奪還出来た。これで、大運河を封鎖すれば全体の戦況に影響を与えられるわ。『武徳』から火薬も届いたしね。……ただ、時間が足りないかも」

「瑠璃？」「瑠璃さん？」「え、えっと？」

暗い顔になった仙娘が目を閉じた。

まるで祈るかのように手を合わせ、額にくっつける。

「『南師』の明鈴からまた書簡が届いたわ。『臨京』が荒れそうよ。……ねぇ？　国が滅びそうなのに内部で喰らいあう。この醜悪な事態を私達はどう考えれば良いと思う？」

＊

「へ、陛下、【白鬼】が直率する敵本軍が遂に大水塞への包囲を開始しました。既に我が軍船は悉く打ち沈められ、水上も封鎖されたとのこと……。また、『臨京』南部に、目的は不明ながら徐家軍も迫りつつある模様です」

「同時に、都の民の中には『皇帝陛下の為にっ！』と剣や槍を手に取り、軍に馳せ参じている者も多くございます。副宰相殿と臣、楊祭京もこの後、大水塞へ兵等と共に入城する所存。次にお会いするのは戦勝を挙げた時となりましょう」

最新の戦況報告を終え、ここ数日で急激に痩せ始めた副宰相と、青白い顔になった宰相代理は席に力なく腰かけた。

荒天で、ただでさえ薄暗い廟堂に重苦しさが漂う。

列席せし文武百官達は誰一人として口を開こうとせず、ある者は目を閉じ、ある者は宙を眺め、ある者は顔を伏している。

僅か半年！

僅か半年で大運河沿いの州、そのほぼ全てを奪われようとはっ‼

……張泰嵐の処刑が間違っていたのだろうか？

いや違うっ！　あの時はあれが最善だった。

楊文祥を喪った後、主戦派筆頭にして、戦功名高き【護国】がいては講和交渉すら出来なかった筈。敬陽に講和交渉へ出向いた林忠道が捕らえられ、殺されるなぞ……誰にも予見は出来なかった。

全てはあの馬人の王、【白鬼】アダイ・ダダが邪悪だった故に他ならぬ。

天壇上の玉座で、何度繰り返したか分からぬ思考を弄んだ余――【栄】帝国皇帝、光柳浦は左手で目元を覆った。皇帝だけに許される服の明黄色が鬱陶しい。

「……公道、祭京、すまぬ」

「「へ、陛下⁉」」

普段はいがみ合うばかりの二人が驚愕し、絶句した。

「陛下、敢えて意見を具申致します！」

すると、議論の流れを聴くばかりであった中年の将が、床を踏みしめ立ち上がった。

「……烈雷か」

このような事態となるまで殆ど知らなかった男だが、今や軍の総司令官と言ってよい。

禁軍元帥であり、最後の予備兵力約一万を指揮下に握っている黄北雀は目を瞑り、微動だにせず。普段は積極的に議論へ加わるのだが。

若干の違和感を覚える間もなく、烈雷が胸甲を叩いた。

「各州を喪い、『西域』方面の戦況不明と謂えども——大水塞は依然として健在。将兵の士気も『故国防衛』という大義故、極めて高く、馬人共に勝るとも劣りませぬ」

「…………」

昨晩、寝所にて寵姫、羽兎より受けた忠告を思い出す。

陛下——最後の御前会議にておそらくこのような訴えがあるかと。それは。

「なれど——……臣達の力だけでは、最早この国難乗り越えること能わず‼」

すっかり白い物が増えた髪と髭を震わせ、烈雷は頬を真っ赤にした。

皆は固唾をのみ、演説を聴くばかり。

「既に『臨京』へ戦火は迫り、早晩——天下分け目の決戦となりましょう。その際、戦の勝ち負けを知るは天帝のみと愚考致しますが、可能性を上げる策は残っております」

「……烈雷、何が言いたいのだ。はっきりと申すがよい」

恐怖で頬が引き攣る。やはり……羽兎が懸念していた通りなのか。

何処にでもいそうな凡庸な容姿の将は、その場に跪く。そうなれば、将兵は勇気を百倍に
「陛下！　どうか——大水塞へ玉座をお遷しください。そうなれば、将兵は勇気を百倍にし決戦に臨むことでありましょう」

『っ⁉』

廟堂内がどよめき、誰しもが息を吞む。

——大河以北を馬人共に奪われて五十余年。

以来、皇帝は玉座を『臨京』より遷したことはない。

雷鳴が轟き、稲光は全員の顔を白く照らした。

余は頭を振り、拒絶の言葉を漏らす。

「……で、出来ぬ」

「陛下っ！」

「で、**出来ぬのだっ！**」

玉座に拳を叩きつけると、顔を上げた烈雷が双眸を見開いた。

顔を背け、羽兎より聞いておいた言い訳を並べる。

「今、余が都を離れて、守り堅固な大水塞へ遷れば民はどう思うか？　『皇帝は我等を見捨てた』と思うであろう。そうなれば『臨京』は死んだも同然。余は皇宮を動かぬ」

「陛下！　将兵は【栄】を……陛下をお守りせんが為に恐るべき【白鬼】へ挑まんとしているのですぞっ。ここで選択を誤れば――」

「烈雷殿」

今日初めて北雀が口を開いた。

天壇上の私へ視線を向けようとはせず、ただ同輩の将を諭す。

「議論はもう尽くされた。我等は各々の持ち場で死力を尽くすのみではないだろうか？」

「**馬鹿なっ！！！！！**　非才ながらも軍を預かる者として、『死力』なぞに頼るなぞ……ありえぬっ。その前に打てる手は全て打たねば、あの世で【三将】や老宰相閣下へ、どう申し開きをすれば良いのだっ‼」

「**もう良いっ！**」

全てに耐え切れなくなった余は両者の議論を断ち切った。

――美雨が宇家軍を連れ戻ってくれれば。徐飛鷹が改心し救援に来てくれれば。

考えても無駄な事象が頭をグルグルと掻き乱す。

もう何もかもが嫌になった。嗚呼……早く。羽兎の下へ戻りたい。

フラフラと席を立ち、振り返らず通告する。

「……皆、御苦労であった。【栄】は各自の奮戦を期待する……」

「陛下、お帰りなさいませ」

「おお……羽兎（ウト）………」

皇宮最奥（さいおう）の私室で、寵姫は今宵（こよい）も一人で余を待っていてくれた。

人とは思えぬ可憐（かれん）な容姿に薄い紫色の服とが相まって、まるで天女の如（ごと）き。

とても、亡（な）き林忠道（リンチュウドウ）の血筋とは思えぬ。

羽兎（ウト）の膝を枕に長椅子へ横たわる。髪を撫でる白い指が心地よい。

「昨晩お前から聞いた通りの仕儀となった。岩烈雷（ガンレツライ）は余に都を出て、戦場に立つよう進言してきおった……」

「そうでございましたか。御役に立てて嬉（うれ）しゅうございます。――陛下は何と？」

慈愛深き視線とどんな楽器も敵（かな）わぬ美しき声。

疲労が和らいでいくのを感じつつ、手を伸ばし頬に触れる。

「無論、お前が言っていた通り突っぱねた。戦場なぞ……ハハハ。見よ、言葉にしただけで震えてきた」

余の心に、西域へ赴いた妹の美雨（ミウ）が持つある種の蛮勇さは塵芥（じんかい）一粒とてない。

幼き頃より武術は大の苦手であったし、馬にも乗れぬ。

そのような皇帝に戦場へ出ろなぞとっ！

岩烈雷（ガンレツライ）は鬼かもしれぬ……。そういえば『鬼』と呼ばれた亡き老将を師と仰いでいる、と北雀（ホクジャク）が言っていたか。

羽兎（ウト）が目を細め、余の欲しい言葉をくれる。

「陛下は栄（エイ）帝国皇帝。今は苦しくとも、天帝が最後に勝利を与えてくださいましょう」

「……おお……羽兎（ウト）。羽兎（ウト）よ……」

両手を伸ばし、寵姫の柔らかい肢体を抱き寄せる。

嗚呼……この温かささえあれば何もいらぬ。

迫りくる【白鬼】は夜中に飛び起きる程恐ろしいが、大水塞は難攻不落。如何（いか）な馬人共でも、永遠に攻められるわけではあるまい。今は辛（つら）くとも、目を閉じ、耳を塞いでいれば、情勢は必ず好転するだろう。奪われた各州は、ゆっくりと取り戻していけば良い……。

その時だった。

皇宮最奥であるにも拘（かか）わらず、複数の武具や甲冑（かっちゅう）の擦れる音が廊下から聞こえてきた。

時折、人の悲鳴らしき叫びが短く響き、消えていく。

「な、何事かっ！　騒がしいぞっ‼」

余は上半身を起こし、羽兎（ウト）を抱き寄せると怒鳴りつけた。

私室の前に複数の人影が見え、聴き馴染んだ声に話しかけられる。

「お騒がせして申し訳ありません――陛下」

「……北雀か？　良い、扉を開けよ」

ゆっくりと扉が開いていき、完全武装した兵士達が雪崩れ込んで来た。

全員禁軍の軍装だ。手に持つ剣や槍からは鮮血が床に滴り落ちている。

余は驚愕し戦慄く。

「！　こ、これは……北、雀？」

「陛下には下賤な身を引き上げていただき、心より感謝しております。寛容な貴方様がいなければ、下級貴族の私生児が禁軍の元帥にはなれなかったでしょう」

兵の隊列が二つに割れ、細面の禁軍元帥と、先だって『徐飛鷹の寛恕』を求めた田祖という男が歩いて来た。

北雀の目は冷たいながらも頬は上気。

対して、小柄ながらも廟堂ではあれ程自信に満ち溢れていた田祖の表情は硬く、左頬の火傷跡は引き攣り、困惑と動揺すら見てとれた。

「ですが……貴方様は変わってしまわれた。女に現を抜かし、国家危急の秋になっても決断することも出来ず、全ては先延ばし。戦場に出ることすら拒むとは……」

「っ！」

弾劾の冷たさに耐え切れず、反論すら出来ない。事実だからだ。

剣が突き付けられ、侮蔑と断絶の通告。


「そのような者に【栄】を預けておくことなぞ出来ませぬ——退場願おう」


兵士達も槍衾を作り上げ、退路が完全に断たれる。

回らぬ舌で逆賊となった禁軍元帥へ問う。

「余、余を……こ、殺す、殺すのか……？」

「——はっ！　まさか。貴方には殺す価値もありません。ただ、然るべき場所に御滞在いただくだけのこと。我等が偉大な勝利を手にした後、退位していただきます。生きておいでならば美雨姫様が適当でしょうな」

「そ、それは、烈雷とお前の考えなのか？」

廟堂で必死に訴えていた将と北雀が組んでいるのなら……。

剣を鞘へ納め、禁軍元帥が大きく頭を振る。

「いいえ。私の考えです。田祖殿にも助言は仰ぎましたが」

「自分の意志で、と？」

余の腕の中で羽兎が突如、口を開いた。

その視線の先にいるのは――田祖。

地味な男は怪訝そうな表情になり「……！」頬を引き攣らせた。何なのだ？

盟友の変化に気づかず、北雀が怒号を発する。

「貴様の如き傾国の者に言われることではないっ！　今この場で細首を落とさぬだけ、有難いと思うがいいっ‼」

禁軍兵達も嫌悪を隠そうとしない。

ここまで……ここまで余は、羽兎は…………憎まれていたのか？

踵を返し、去ろうとする元寵臣の背に叫ぶ。

「ほ、北雀っ！」

「では――光柳浦様。これにて失礼致します。軍議がございますので」

取り付く島もない。

扉が閉まっていく中、忠臣と視線が交錯した。

「次、お会いするのは私達と徐飛鷹殿が【玄】相手に偉大な勝利を手にした日。その間、女と夢現な日々を過ごされるがよろしかろう――愚かしい皇帝陛下」

*

「そうか……『鼠』がしくじり、【栄】の愚帝は『雀』に軟禁されたか。小さき頭で余計なことをしでかしてくれたものだ。徐家の雛鳥を踊らす機のズレも含めてな」

余りにも愚かな報告に嘆息し、私――玄帝国皇帝アダイ・ダダは、琥珀色の酒が注がれた硝子杯を揺らした。

笛の心地よい音が耳朶を打ち、机に置かれた灯りは光を反射。長い白髪を煌めかせる。

――【栄】の首府『臨京』。

彼の地を守る大水塞まで、騎馬で半日程の地に設けられた本営にいるのは僅か三人。

都のある『永州』も半ばまで我が軍が占領し、将の多くは最前線へと進軍済みだ。

「…………」

報告を持ってきた目の前の、狐面の少女は不機嫌そうに沈黙したまま語らない。これで『千狐』の仕事には極めて真面目な女だ。勝手に黄北雀なる愚将を舞台へ上げた挙句、暴走させてしまった『鼠』の処分でも考えているのであろう。

酒を飲み干し硝子製の酒瓶を手にすると、笛の音が止まった。

長く美しい紫髪と白基調の軍装が私の視界を掠め。白く細い腕が伸びて来る。

「陛下、余り飲まれ過ぎませんように」

「ルス、そう言ってくれるな」

北方へ派遣した【黒狼】ギセンに代わり、私の護衛を臨時で務めている【白狼】の称号を持つ女将へ抗弁する。年齢的に私よりも年下の筈だが、ルスはどうにも過保護なのだ。

手酌で酒を注ぎ、肩を竦める。

「本来ならば、お前と『白槍騎』もとうの昔に北方へと発たせ、今頃はギセンと合流出来ていたろう。……しかし『南師』を離れた徐家軍の動きを確認する為、手が遅れた。【栄】を構成する十州の内、四州と半ばを征し、最早勝負はついているのにだ。つまらぬ戦が、どうしようもなくつまらぬ戦になったのだ。多少酒が増えても許されよう？『敬陽』で手に入れたこの山桃の酒は極めて美味だ」

嘘か真か、張隻影も——千年前の我が盟友【皇英】も大変に好んでいたという。前世でも生き方は真逆だったが、酒の好みは同じだったな。

杯を掲げ、沈黙したままの少女へ話しかける。

「お前もそう思うであろう――蓮よ？」

「……此度のことは『千狐』の失態だ」

私が皇位に即いて以来、共に『天下統一』という目標へ邁進してきた、秘密組織の実質的な長は極寒の声色を放った。許可を与えれば、今すぐにでも【栄】の皇宮へ侵入し、黄北雀と、勝手に動いた『鼠』――田祖の首を取ってきかねぬ勢いだ。

鼻で嗤い、片肘をつく。

「彼奴の考えたことは容易に分かる。自ら考える知恵を持たぬ故、ハショに敗れた『鼠』が、今なら天下に自らの名を轟かせられるやも――と夢を見たのだ」

南方へ潜入させている密偵からは『徐家軍北上』の報も受けている。

田祖は『鷹』だけでなく『雀』、どちらにも甘い言葉を囁きかけたのだろう。計画には予備も必要だ、とでも自らに言い訳しながら。……つまらぬ。

私は机上の小袋を手にし、炒った豆を取り出した。

「あれで、『駒選び』も面倒なのだぞ？　徐家の『雛鳥』は丁度良い存在であったのだが、策謀家を気取る『鼠』は理解しなかった。結果……『雀』の暴走に巻き込まれた。しかも、当の『雀』本人は自らを救国の英雄だと思い込んでおる。始末におけぬ」

口の中に豆を幾つか放り込む。美味くはない。

しかし……英峰は、あ奴はこれが好きだった。今世でもそうらしい。

噛み砕くと微かな苦み。

手早く【栄】を滅ぼし、張家の小娘に現を抜かしている盟友へ、一大決戦場を用意するつもりだったのだが……愚者の行動ばかりは読み切れぬ。

酒杯を傾け、狐面の少女へ許可を取っておく。

「任とはいえ、間近でそんな茶番を見届けなければならぬ汝の姉に——羽兎には同情を禁じえん。蓮よ、『臨京』陥落後は私からもあの娘に褒賞を取らす。構うまいな？」

「……田祖も北雀も今すぐ殺すべきだ」「陛下、駆除致しますか？」

蓮は濃厚な殺気を放ち、紫髪の美女は私の口元を布で拭きながら問うてきた。

手の中で豆を弄び、頭を振る。

「良い。『鼠』と『雀』。大局に影響はない」

黄北雀は酔っている。己が衰亡の故国を救う、という幻想に。

田祖の誤りは、禁軍元帥の愛国心と焦燥の深さを見誤ったことか。

「最後に誰が——憐れで、惰弱で、皇宮奥に引き籠っている光柳浦の首を落とすのか」

そも、張泰嵐を、我が心を震わせた雄敵を殺した存在だ。生かしておく価値なぞない。

統治に必要な皇族はもう少し賢い方が役に立つ。

――【玄】には勝てぬ。

そう理解出来る、中途半端に才ある者ならば、勝手に臣下の者を諭してくれよう。

西域へ脱出したという皇妹は使えるかどうか。酒を眺め、反射を楽しむ。

「私は徐飛鷹にその栄誉を担わせようと思っていたが、別に他の者でも構わぬ。ただ、対【栄】戦は今や些事となった」

大水塞に籠る栄軍の総勢は十五万を超えるという。

続々と集まりつつある義勇兵を含めれば、二十万……いや、三十万に迫るやもしれぬ。

だが、悲しいかなっ！

栄軍に将なく。皇帝も今や籠の鳥。

黄北雀は我が軍が大水塞に攻めかかった機を突き、首府に温存した騎兵約一万にて横合いを突くつもりなのであろう。

なんと、浅はかなことか。

湖沼多きこの地での騎兵運用は至難だというのに……自らを【張護国】や張隻影に匹敵するとでも考えているのであろう。我が将兵の贄にしかならぬ。

私はルスへ目で合図し、地図と苦労をさせている軍師の報告書を広げさせた。

「大事になっているのは『敬陽』だ。ハショが増援を懇願してきておる」

張家が長く守護してきた北辺の各州は、亡き張泰嵐への崇敬篤く、逆に彼の将を処刑した皇帝へ反感強き地。統治は比較的上手くいっていたのだが。

私は女子かと思う程に白い指で地図に触れる。

「『西域』には宇家軍が健在であり、『鷹閣』は生半可な兵では抜けぬ。そして――つい先日『敬陽』が張家軍の手に落ちた。真偽定かならずだが、光家の者も檄文をばら撒いておるらしい。しかも、【伝国の玉璽】付でだ。本物ではなかろうが放置も出来ぬ」

ハショの報告書によれば――

・張家軍約千が、武徳北方の虎住まう『虎山』を踏破。

・以後、敬陽へと北進し、各地の警備部隊に連戦連勝。

・同時期、各地に『皇妹』の檄文が【玉璽】付でばら撒かれ動揺。

・張家軍に野戦で完敗した敬陽守備隊を見て、敬陽の民が蜂起。

・鷹閣で宇家軍と相対していたハショは急遽軍を分派。自ら西冬軍三万を連れ北上中。

敵ながら見事。そういわざるを得ない鮮やかさだ。

【玉璽】についても、千年前の私に仕えた女将『紅玉』が西域の地に隠したならば、本物の可能性も零ではない。

檄文がばら撒かれた時期については、疑念もあるが。

本当に、張家の者達のみの仕業――……そういうことか。西冬の妖女め。

「張隻影と張白玲」

報告書を読み終えた蓮が名前を口にした。

栄の皇宮で交戦して以降、この狐面の少女も当世にて【双星の天剣】を振るう者達に囚われている。……後者の名前は耳障りだが。

刀を操る練達の剣士が鋭く指摘してくる。

「奴等を侮るな。虎の子は虎ぞ」

「侮るものかよっ。ハショの下にギセンがいても、必勝とはいかぬ」

語気が自然と荒くなる。当然だ。

彼の地には我が盟友【皇英峰】がいるのだから……。

少し驚いた様子のルスへ酒杯を押し付け、敬陽を指で叩く。

「守勢に徹した数十万の栄軍よりも【天剣】を振るう者達の方が、脅威度は遥かに上となる。北辺に未だ漂う張泰嵐の威光も合わせれば――たちまち大軍を形成しよう」

誰が侮るものか。

忌々しい張白玲なぞではないっ！

張隻影の強さを――【皇英】の恐ろしさを誰よりも知っているのは私なのだっ。

努めて冷静さを取り戻し、指を滑らす。

「『敬陽』は大運河の結節点。魏平安に北方兵站路を確保させていても、大運河を用いた物資量に足らぬ。ギセンが間に合わなくとも、ハショに北で一戦させる他なかろうな。兵を飢えさせるわけにもいかぬ」

「……【白鬼】よ」

黙って聞いていた蓮が呟く。多分に混じっているのは呆れ。

腰に提げた朱塗りの鞘をやや苛立たしそうに叩き、腕を組んだ。

「汝、随分と楽しそうではないか？【玄】は北に張家軍、西に宇家軍、東に栄軍を抱える苦境なのだぞ？」

「――ふっ」

失笑が漏れてしまった。

両手を広げ、大袈裟な動作で否定する。

「この程度、苦境の内にも入らぬ。栄軍に将はおらず、宇家軍は峻険な『鷹閣』の地に籠る以外の機動は出来まい」

宇家の前当主たる【虎牙】の子等について、その人となりは既に把握済みだ。

長子の博文は慎重な文官気質。

腹違いの妹であるオトは、隻影に付き従い数多くの戦場を転戦したようだが若い。ハシヨによれば今は鷹閣にいる。

――つまり。

「実質、我等に相対出来る敵は張家軍のみ。しかも、大なる脅威は張隻影だけだ。これの何処が苦境だと言うのだ？」

「…………」

仮面の下で蓮が顔を顰めた。そう。そうなのだ。

張隻影は我が【玄】の、アダイ・ダダの雄敵となった！

なれど大兵なく。私の勝利は揺るがぬ。

後は良き戦場で打倒し、我が幕下へ加えるのみだ。

「――……が」

私は足を組み、顎に手をやった。不快感を隠さず零す。

「西冬の妖女――【御方】に場を掻き乱されるは我が意に非ず。偽物の【玉璽】付檄文をばら撒いているのはあ奴であろう。仙術だけでなく【天剣】までもを欲したか」

「……母が申し訳ありません」「……【龍玉】を断ち切った件が耳に入ったようだ」

娘のルスと蓮の耳には入っていたのだろう。

あの女にも困ったものだ。仙術なぞ、千年前にもほぼ絶えていたというのに。

「陛下、こちらを」

紫髪の美女が懐から書簡を取り出した。密書のようだ。

受け取り、手早く中身を確認する。

「ほぉ」

――【御方】め。

ここで娘を使い、私や『千狐』を出し抜いて【天剣】回収を策したか。

しかし、当の忠誠心高き女将は私へ密書を読ませて平然としている。話に出ずとも、報告するつもりだったようだ。

ルスが私に問いかける。

「如何致しましょうか？」

「……悪くはない。いや、この局面では備えこそが妙手かもしれぬ」

様々な想定を巡らせながら、答える。

劇薬ではあろう。下手を打てば……我が首が【黒星】で落とされる可能性すらある。

だが、それでこそ、それでこそだっ。

冗談めかし、肩を竦める。

「問題はルスが『白槍騎』を率い、北方への増援として私の傍を離れると、爺が『**護衛、護衛、護衛！**』と口煩くなることだな。オリドは先の敗戦以来、変に気負い過ぎておる」

老元帥は未だ私を幼子だと思っている節がある。困った爺だ。

――**【黒狼】【白狼】**に匹敵する護衛。

「爺を納得させるだけの腕が立ち、私の酒を咎めず、つまらぬ戦中も面白き話をしてくれる者なぞ、そうは――……」

「ぬ？」

何だ。目の前にいるではないか。

紫髪の女将と頷き合い、重々しく命じる。

「『千狐』の蓮。『鼠』の失態代わりに我が護衛を務めよ。否とは言うまいな？」

「ぐぬっ！　……表には出ぬぞ」

狐面の少女は苦々しく同意した。

硝子杯に酒を注ぎ、女将へ下賜する。

「**【白狼】**のルス。『敬陽』へ向かい、ハショを助けよ。奴には多少期待している」

「万事御任せください。偉大なる【天狼】の御子、アダイ・ダダ皇帝陛下」

両手で杯を受け取った美しき女将は、山桃の酒を飲み干した。ほんのりと頬を赤らめ腰の剣と短火槍に指を滑らす姿は妖艶だ。

満足を覚え、私は大きく頷く。

「全てが上手くいけば、遠からず史書に残る我等と張家軍との一大決戦の呼び水となろう。ただし、ハショが敗れる可能性は私の見立てでも相当に低い。あれで『千算』は今の世でも指折りの軍師なのだ」

＊

「おのれ……『狐尾』の瑠璃っ。いったいどういうつもりなのです⁉」

朝陽に輝く湖洲の中心都市『敬陽』。

その南部の荒野に構築された三重の野戦陣地を小高い指揮台から眺め、私は呻いた。

野戦を挑んで来るのは想定通りだが、城壁を背にする『背城の陣』とは……。

「【西冬】の……『蘭陽会戦』の意趣返し？　『千算』のハショ、挑んできなさいっ、と？　だが、『敬陽』にあの時、我等が持っていた大型投石器はない。定石である『伏狐の計』を用いようにも、兵数は足りない筈。此方の突撃を即席の野戦築城如きでは止められはしないこと、理解していないわけが……」

鷹閣より引き連れて来た、西冬軍を主力とする約三万の布陣は既に終わっている。整列した精鋭重装歩兵が醸し出す迫力は圧巻だ。

対する敵軍は情報によれば約一万五千。

高い戦闘力を持つのは張家軍約五千に過ぎず。残り一万は例の『檄文』に引き寄せられた雑多な寄せ集め。我が軍の敵ではない。……ないのだが。

悩んでいると、背後の梯子を栄人の青年参謀が駆け上がってきた。その表情は明るく、戦意に満ち溢れている。

「ハショ殿！　各部隊の布陣、完了致しました。御命令あり次第、何時でも動けます」

「有難うございます、安石殿」

迷いを振り払い、帽子を被り直す。

陛下がわざわざ増援に送り込んでくださった【白狼】のルス殿率いる『白槍騎』が間に合うかは不明なものの、敵軍がやる気ならば是非もない。賽はもう投げられたのだ。

――後は勝つのみ。

正式に私の副将格となった青年参謀が質問してくる。

「重装騎兵を歩兵にしてしまって……本当に構わなかったのですか？」

「ええ、今回の戦場では必要だと思います」

整列した鈍色に光る西冬兵達を一瞥し、私は毛扇を前方の野戦陣地へ。

塹壕の中で動く敵兵が微かに見えた。

「張家軍の軍配者は野戦築城と火薬を多用してきます。先の『敬陽』でも、『鷹閣』でも散々な目に遭いました。片や西冬の重装騎兵は知っての通り大衝撃力を発揮しますが、馬は音に大変弱い」

同じ手が二度通じた。だから、三度目も――そうはいくものか。

たとえ、厄介な火槍を用いられようとも、今回の突撃は止まらない。そうなるように手は打った。騎兵から馬を取り上げたのもその一つだ。

青年参謀に向き直る。

「ならば、軽騎兵は本営の伝令用及び予備兵力として確保し、他は防御力に優れる歩兵として運用。数に物を言わせた方が兵の損耗も抑えられるでしょう。幸い戦線突破を行うには、今の天下で最高な隊を陛下が増援として送ってくださいました」

軍中央の最後方に布陣した、黒色軍装で統一された約五千の騎兵——皇帝陛下直轄の最精鋭部隊『黒槍騎』を見やり、私は深い安堵と自信を深める。

大分無理をさせてしまったが、此方の部隊は会戦に間に合ってくれた。

安石殿が声を潜め、疑念を呈す。

「ハショ殿、私も張家軍には散々な目に遭わされました。あの強さは尋常なものでは……。しかし、張泰嵐亡き今、ここまで警戒する必要性があるのでしょうか？」

「張家軍は間違いなく——未だ【栄】側最強部隊です」

断言したのは半ば無意識だった。

——張家の遺児達と、【御方】が【王英】の軍略を叩きこんだ仙娘。

油断など出来ない。絶対に。

「……それ程、ですか」

表情を硬くした安石殿にハッとする。いけない、いけない。

戦の前に部下を不安にさせる軍師——【王英】ならば唾棄するだろう。

肩を叩き、意図的に明るい声を出す。

「無論——我等の優位は揺るぎません。しかも、奴等に増援はない。『敬陽』を奪還出来れば、例の檄文騒ぎも収束するでしょう」

「――はっ」

青年参謀は安堵し、胸甲を叩いて賛意を示す。

服の埃(ほこり)を手で払い、私は毛扇を大きく振り、銅鑼(どら)と角笛を持つ兵達へ合図を送った。

「では、始めましょう！」

朝陽が降り注ぐ荒野に銅鑼を打ち鳴らすけたたましい金属音と、角笛が吹き鳴らされ、全軍が前進を開始した。

約二万を超す重装歩兵がゆっくりと動く様は、現実のものとは思えない。

――まずは押す。

両翼の軽騎兵と『黒槍騎』を動かすのは、敵の動きを見極めてからだ。

今までの戦場ならば大遠距離で矢を撃ってきたものだが。

「……動きがない？」

隣で安石(アンセキ)殿が怪訝(けげん)そうに独白した。

敵の野戦陣地からは、矢も火槍も放たれない。

技量が未熟なのか。はたまた数が足りないのか――。

直後、雷の如き轟音が戦場を支配した。散々苦しめられてきた火槍だ。

次いで、相応の数の矢が前衛に降り注ぐ。

さぁ……どうなるっ！

指揮台の脇に立てられた梯子上で見張り兵が報告する。

「先陣に持たせた金属製の大楯が絶大な効果を発揮していますっ！　損害軽微っ‼」

『オオ～！』

兵達が歓声を上げ、私も左手を強く握りしめた。

弓矢と火槍に守られた野戦陣地を突破する為、西冬で量産させた、装甲を倍にした特別性の大楯が効果を発揮しているのだ。すぐさま青年参謀へ指示を出す。

「安石殿、突撃の合図を」「はっ！」

青年参謀が指揮棒を振るや、銅鑼の音が速まった。

鈍色の重装歩兵の群れが野戦陣地に襲い掛かっていく。

当然、阻止せんと敵も必死に射撃を行うが――止まらない。

それどころか、第一陣地から次々と敵兵が逃げ出して行く。

戦斧を持つ巨軀の敵将が必死に鼓舞するも、無駄。

『オオオオオオオオオオッ！！！！！！！！』「――勝ったっ」

戦場全体に木霊(こだま)する友軍の雄叫(おたけ)びの中、私は勝利を確信していた。

如何な『狐尾(コビ)』の瑠璃(ルリ)と謂(い)えど準備不足は否(いな)めず。

以前、私が用いた策を執ったのは窮余故。虚仮威(こけおど)しだったのだ。

残る明らかに薄い陣地を抜き、張(チョウ)家の遺児達と軍師を捕らえれば全て終わり。

友軍先鋒(せんぽう)が敵の第一陣地を蹂躙(じゅうりん)するのを見つめていた——正にその時だった。

「〜〜っ！」「がっ！」

震動で指揮台に身体(からだ)を叩きつけられ、激痛が走り、安石(アンセキ)殿も転がるのが見えた。

次いで、恐怖すら覚える炸裂(さくれつ)音が銅鑼や角笛から戦場の支配権を取り戻す。

心の臓が縮み上がり、凄(すさ)まじい悪寒(おかん)。

脂汗が噴き出す中、私は痛めた左肩を手で押さえ、立ち上がった。

前方の光景にワナワナと身体が震えてくる。

——威容を誇っていた先鋒衆は、字義通り吹き飛んでいた。

あの惨状は間違いない。

火薬を第一陣地地下に埋伏させていたかっ。

後方の隊にも動揺は波及し、進軍が停止していく。

そこへ第二陣地から、凄まじい密度の矢の雨と火槍の射撃が降り注ぎ被害を拡大。

苦鳴、悲鳴が連なり、次々と将兵が倒れていく。

私は歯を食い縛り怒号を発した。

「おのれっ、『狐尾(コビ)』の瑠璃(ルリ)っ！　我等が先陣に防御力の高い部隊を投入し中央突破を図ると予測し、第一陣地は捨てる腹だったかっ！」

「ハショ殿！　両翼がっ‼」

「──っ」

立ち上がった安石(アンセキ)殿に指摘を受け、私は痛みを無視して目を凝らした。

銅鑼が打ち鳴らされ、敵の第二陣地から多数の騎兵が出現。両翼で待機中の西冬(セイトウ)軍へと襲い掛かる。

我が軍を両翼から包囲し、私の首を取る気だ。

深く息を吸い、吐く。

動く右手で毛扇を拾い、梯子を維持していた見張り兵達へ指示する。

「**戦況の報告をしてください**」『！　は、はっ、軍師殿‼』

怯(おび)え、混乱していた将兵の瞳に戦意が戻ってきた。

次々と報告がもたらされる。

「敵中央、射撃を活発にしていますが突撃の気配はありません」

「敵左翼は約四千」

「右翼は約千。軍旗はどちらも――【張】！」

『ッ！』「**続けてください**」

兵達が息を呑むも、私は無視して更に要求。

隣の青年参謀が身体を支えてくれる。

「左翼先頭には黒馬と白馬。黒髪と銀髪、黒剣と白剣の将――」

報告を聴く者達に畏怖が伝播していく。此処で来るか。

見張り兵が歯を鳴らし、絶叫した。

「**黒髪の将は【今皇英】……ち、張隻影ですっ！**」

『〜〜〜〜〜〜〜ッッッ！！！！！！！！！！』

直後、本営各所で悲鳴が木霊した。

今や張隻影の名は末端の兵にまで届いているのだ。

だが――奴とて無敵ではない。

「落ち着いてください。負けたわけではありません」

私は冷静に動く右手を掲げた。

将兵の視線が集まるのを確認し、凛と命令する。

「中央の各将に伝令！　『**兵を落ち着かせ、隊列を整えることを最優先に。然る後――ただ粛々と再び押すべし。敵の奇計はあれで打ち止めである**』と」

『**は、はっ！**』

伝令の軽騎兵達が一目散に駆け出した。

混乱さえ収められれば、予備の兵達も後詰として投入出来るだろう。問題は。

見張り兵が切迫する戦況を伝えてくる。

「**敵両翼の張家軍――特に張隻影と張白玲と付き従う約千騎、勢い尋常ならず！　御味方、次々と撃破されていますっ!!**」

「ハショ殿！」「問題ありません」

焦る青年参謀を宥めていると、待ち望んでいた人物が姿を現した。

黒髪と左頬には刀傷。漆黒の鎧を纏う巨軀に背負う、人が振るえるとは思えぬ大剣。

皇帝陛下直轄の最精鋭部隊『黒槍騎』。

それを率いし、玄最強――否！　大陸最強の勇士【黒狼】だ。

「軍師殿、両翼は我等が」

不覚にも心底の安堵が噴き上がってきた。

端的だが余りにも心強い言葉を受け、私は頭を下げる。

「ギセン殿、遠路到着早々、大変申し訳ありません。お頼み申します」

「万事お任せあれ」

黒髪の勇士は指揮台を飛び降りるや巨馬を駆り、自隊へと戻って行く。

その大きな背中に私も覚悟を固めた。

「安石(アンセキ)殿、我等も陣を前へ進めましょう」

「！　……軍師殿」「必要なことです」

血相を変えた青年参謀を押し留(とど)める。

未だ苦戦中の先鋒衆へ視線を向け、諭す。

「この戦――兵の混乱を収めれば我等の勝ちです。敵中央は大半が有象無象。少し不利になれば戦う者は少ない。懸念(けねん)すべき両翼は」

後方より角笛が吹き鳴らされる中、私は魏安石(ギアンセキ)の胸に右の拳を突き付けた。

「天下無双の【黒狼】に全て任せましょう。張(チョウ)家の遺児と相対しても、ギセン殿に敗北はありません」

「――了解致しましたっ！」

栄人の青年武将は双眸に敬意を浮かべ、敬礼。

指揮台上で私は羽扇を掲げた。

「では——各人、己の仕事に取り掛かることとしましょうっ！　偉大なる【天狼】の御子に勝利を捧げる為にっ‼」

『はっ！　『千算』のハショ様っ‼』

＊

「ちっ！　『黒槍騎』がいるなんて聞いてねぇぞっ‼」

舌打ちしながら愛弓に矢を次々とつがえ、俺は速射を繰り返す。

だが、漆黒の軍装に身を包んだ新手の敵騎兵は怯まない。

矢除けの木楯を掲げながら、猛然と突進してくる。

明らかに『張隻影』用の戦術か。

「がっ！」

俺を狙っていた敵弓騎兵が肩を射貫かれて落馬。

「弱音なんて聞きたくありませんっ！」

白馬『月影』を駆り、数ヶ月前よりも精度の増した矢を敵へ送り込む白玲が咎めてきた。

その後方では、軽鎧を身に着けた朝霞が一団を統率し追走している。

矢の速射を再開し、俺も弓騎兵から潰していく。

「きっと偵察後に到着したんでしょう。相手が誰であろうとも、私達がやることは変わりません。『**敵本陣への突撃**』――それあるのみです。瑠璃さんに言いつけますよ？」

白玲の矢が、中央で指揮を執っていた敵将らしき男の左腕を貫き、苦鳴があがった。

『！』

最強と謳われる最精鋭部隊とはいえ人だ。混乱が広がっていく。

そこを朝霞達がすかさず突撃。後退を強いる中、俺は銀髪の美少女へ文句を言う。

「よ、弱音なんか言ってないだろうがっ⁉　これだから張白玲様は――っと」

「ぐっ」

宇家軍から参戦している薄い褐色肌の少女兵を狙っていた、敵槍騎兵の首を射貫く。

周囲に矢を送り込みながら、怒鳴る。

「油断するなっ！　相手は『黒槍騎』だぞっ‼」

「は、はい……も、申し訳、あぅ」

愛馬を寄せ俺は少女の額を軽く押した。

「命令だ。生き残れ」

「！　はいっ‼　あ、有難うございます……張隻影様」

少女は片刃の剣を持ったまま、額を押さえて頬を赤らめた。

周囲の敵兵を掃討した古参兵達が楽し気に揶揄してくる。

「あーあ」「まーた、隻影様が子供を騙してらぁ」「誤解すんなよー。あの人、自称地方文官志望だからなー？」「格好いいのは戦場だけだ」「普通はあんな風に弓を扱えません」「あと、隻影様は白玲様のですし？」「とっとと諦めてしまえばいいのに……」

そう言いながらも、少女兵を隊の中央へ導いていく。

こいつ等に任せておけば大丈夫だろう。

戦場が小康状態になったのを確認し白玲の『月影』へと近づき、腰の水筒を投げる。

「おーおー。うちの奴等は今日も好き勝手言ってくれるぜっ」

「あれもこれも、全部貴方が招いたことです。諦めてください」

すぐさま水を飲むや、白玲は矢を再配分していく。

本営に残してきた空燕がいれば、矢筒での補給も可能だったか？

いや、あいつには重大な任務がある。こっちでもらうわけにもいかない。

……策を実行するのは最後の最後。万策尽きた後になるだろうが。

敵騎兵を追い散らし、朝霞達も俺達の周囲へと戻って来た。

それを確認すると、白玲は布を水で濡らし、俺の頬を拭き始めた。

皆の生暖かい視線にむず痒くなりつつも、目を細める。

「中央は抗戦するのでやっとか。子豪と孝然も頑張ってくれているみたいだが」

「訓練の時間が全く足りていませんし、仕方ありません」

「と——なるとだ」

水筒を返してもらい、生ぬるい水を喉へ流し込む。生き返るっ。

口元を拭い、頬を拭き終えた少女と認識を合わせる。

「瑠璃ですら想定外だった『黒槍騎』が出てきた以上、庭破に任せた右翼も喰いとめられているだろう。張白玲様の見立てや如何に？」

「……呼び方は気に入りませんが」

白玲は愛馬を離し、弓に矢をつがえた。

遠巻きに敵騎兵の一団が姿を現し、朝霞達が警戒を強める。

「張隻影」「気をつけろ、女も手練れだっ！」「不吉な銀髪蒼眼……」「張泰嵐の娘だ」

直後、俺達を凝視し敵兵が口々に叫ぶ。白玲も有名になったもんだ。

ま、俺だけじゃ不公平だもんな。不吉って言った奴は許さん。

銀髪の少女が弓を引き絞り、俺の見立てに同意する。

「此方の兵数を読み、相応の兵を宛てているでしょう。……隻影」

「ああ」

瑠璃が当初見込んだ『混乱を惹起させての両翼奇襲突破』は破綻した。

投入して来ると読んでいた予備の西冬軽騎兵すら、『千算』は本営で握ったままだ。

つまり……気の進まない『苦し紛れの策』を打つしかない。

俺達を警戒してか、近づいて来ない敵騎兵達から視線を外さず、軽口を叩く。

「冷静に考えてみると毎度毎回、悪戦、死戦、苦戦ばっかりな気がするな。いい加減、祈祷が必要なんじゃないか？　うちのお姫様と軍師様の！」

「この期に及んで、自分じゃなく私と瑠璃さんのせいだ、と遠回しに言ってくる、意地悪で幼気な子達を引っ掛ける【今皇英】様にはお仕置きが必要、と今確信しました。その為になら、明鈴と講和しても構いません」

「そ、そこまでなのかよっ⁉」

「冗談です。あの子とはきっと生涯分かり合えないので」

嘘だっ！　と、叫びたくなるのを辛うじて堪える。

俺の目から見るに、張白玲と王明鈴は会う度言い争っているものの、実のところ、そこまで仲が悪いわけではないように思う。

平和になれば、一緒に買い物へ行くような関係なんじゃなかろうか？

こういう時、瑠璃ならきっと言語化してくれるんだが。

「……何ですか、その目は？」

「いや～なんでもねぇーって」

慌てて目を逸らす。依然として敵騎兵に動きはない。

白玲が白馬を至近距離まで寄せて来た。

「嘘ですね。貴方が都へ行っている時以外、ずっと一緒にいた私を誤魔化せるとでも？」

「ま、まだ根に持ってんのかよっ⁉　そんなんじゃ――白玲」

「ええ、分かっています」

――『黒槍騎』にはかつて、俺達に主将を討たれた『赤槍騎』『灰槍騎』出身の敵兵も多くいる。にもかかわらず、遮二無二突撃してこない。

つまり、誰かの命令がある。

俺は弓と矢筒を少女兵へ無言で投げ、【黒星】の柄に手をかけた。

「考えてみれば当たり前だよな。『黒槍騎』がいて――」

敵軍が二つに分かれ、大剣を背負った黒装の敵将が馬を進めて来た。

愛剣をゆっくりと抜いていく。この男に矢はまず効かない。

「そいつを率いる狼がいない、なんてことはありえねぇ」

白玲が身体を震わせた。

愛馬を数歩前へ出し、敵将の名前を呟く。


「……【黒狼】ギセン……」


玄軍最強の勇士にして、瑠璃の故郷を滅ぼした男。

――そして、【張護国】と互角に渡り合った戦神。

こうして出会うのは、前回の敬陽会戦以来か。

剣を。槍を。斧を。弓を。

それぞれ構えた両軍の間に濃厚な殺気が立ち込め、互いに戦意が迸る。

背の漆黒の大剣をゆっくりと抜き放ち、狼は俺達の名を口にした。

「張隻影、張白玲」

自然とギセンと俺達の間にいた兵達が馬を退いていく。

大剣を無造作に薙ぐや、恐怖を感じさせる暴風が巻き起こる。

「【張護国】を喪いながらも戦場に戻ったか。その勇や見事」

裏表なしの賞賛。この男は敵であっても敬意を忘れない。

だからこそ……不可解に思う。どうして、瑠璃の故郷である『狐尾』を滅ぼしたんだ？

西冬の【御方】とかいう妖女に雇われたにしても、違和感は残る。

「なれど」

漆黒の大剣が俺に突き付けられた。

そして、戦場全体に轟く大咆哮をあげる。

「**これ以上は行かせぬっ！　【黒狼】の名に懸けて汝等の勇戦、此処までと知れっ‼**」

肌が痺れた。

俺は【黒星】を抜き放ち、背を向けたまま女官を呼ぶ。

「──朝霞」「はいっ！」

肩越しに目を合わせ、頷く。

庭破がいない以上、実質的な副将は白玲付の女官だ。

「こいつは俺と白玲で相手をする。周囲の敵は頼んだ」「！」

「ッ！　──……畏まりました。御武運を」

「大量に欲しいな、そいつは」

軽口を叩くと、白玲が弓を持ったまま白馬を隣へ進めてきた。

矢が尽きるまで前衛は俺。後衛は自分、ということらしい。

──その前に。

「おーい……なんだよ、その笑顔は？？　戦う前にする顔じゃねーぞ？？」

「別に。普段通りです。──けれど」

満面の笑みを浮かべたまま、白玲は弓に矢をつがえた。

戦意を漲らせ、ギセンへ啖呵を切る。

「**【黒狼】！　今の私は誰にも負けません!!　運が悪かった、と諦めてくださいっ!!**」

「………」

「ま、そういうこった」

黒髪の敵将はほんの微(かす)かに表情を崩し、俺も応じる。

――戦場を乾いた風が駆け抜けた。

俺達は馬を走らせ、同時に叫んだ。

「「いざっ!!!」」

＊

「味方中央、じりじりと敵重装歩兵に押されています！」

「右翼も敵騎兵と激戦中。突破は未(いま)だ出来ていません！」

「左翼――隻影(セキエイ)様と白玲(ハクレイ)様は【黒狼】と思(おぼ)しき敵将と交戦中の模様。御味方の戦況も一進一退だと思われます。瑠璃(ルリ)様、ご指示をっ！」

次々と芳(かんば)しくない戦況の報告が上がってくる中、私は努力して焦燥を封殺した。

既に、『数えられる』最後の予備兵力、段孝然(ダンコウゼン)率いる義勇兵も中央へと投入済みだ。

本営に残っているのは見張りと護衛を兼任する十数名の女性兵の他、元張家軍(ちょうかぐん)の老兵が百名程。床几(しょうぎ)に腰かけ顔を真っ青にした光美雨(コウミウ)と、明鈴(メイリン)が送り付けてきた『偽(にせ)軍旗』

が入った長細い布袋を手に持つ空燕もいるが……戦力にはならない。

そもそも、今回の戦いは始まる前から無理に無理を重ねていた。

様々な要素により、兵数だけは一気に膨れ上がり二万近くになったものの、まともに戦えるのは実質半数以下。野戦築城を行おうにも偵察能力の不足もあり、『千算』率いる西冬軍が敬陽の東西南、どの方向から攻め寄せるのかを最後まで読み切れず……。

結果、『背城の陣』で敵軍師を誘い、擬装した陣地地下に埋めたありったけの火薬で敵先鋒を吹き飛ばす、という変形型『伏狐の計』を取らざるを得なくなった。

宇家に対応していた『千算』の動きがもう少し遅ければ、友軍の訓練期間を確保出来、他に打てる手もあったのにっ。

しかも……全軍の先鋒を務めていた【黒狼】と『黒槍騎』を北辺へ投入してくるなんて。

胸中に久しく感じていなかった憎悪の炎が燃え上がる。

ギセンは幼い私の故地を焼き払い、一族を抹殺した必ず討つべき敵なのだ。

梯子上の見張り員が歓喜の報告をあげる。

「隻影様、白玲様、依然として勇戦っ！　敵将とほぼ互角に渡り合われていますっ‼」

『！』

本営に声なき感嘆が漏れた。私も自分自身を取り戻す。

あの二人が頑張っている時に復讐ですって？　瑠璃、貴女何時からそんな愚かな女になったわけ？？　しっかりしなさいっ！

両頰を叩くと「る、瑠璃さん？」美雨が驚き、目を丸くした。

それにしても……虎の子と言っていい『黒槍騎』をわざわざ転戦させるなんて、【白鬼】アダイ・ダダはそこまで宇家と張家を警戒していたのかしら？

「違うわね」

皆がいるのも構わず独白する。青帽子を直し、思考を纏めていく。

――美雨には悪いけれど、【栄】の命運は実質尽きている。

兵数はいてもそれを戦場で操り、【白鬼】へ決戦を挑むことの出来る将は、もう一人としていない。

徐家軍を都近辺へと進めさせた徐飛鷹にしても、器量不足だ。

で、あるならば、数々の戦場で子飼いの【狼】を討ってきた隻影と白玲の方が、脅威度としては遥かに上――

「…………っ」

血が滲む程、唇を嚙み締める。投入される敵戦力を見誤ったのは誰あろう、張家軍軍師たる私、『狐尾』の瑠璃に他ならない。

たとえ、隻影（セキエイ）と白玲（ハクレイ）が許してくれても自分自身を許せるものではない。

遠目の利（き）く私は左翼の戦況を見守る。

——隻影（セキエイ）は強い。

玄（ゲン）に生まれていれば【狼】の称号を容易（たやす）く得る程に。

白玲（ハクレイ）もまた隻影（セキエイ）が隣にいれば、張泰嵐（チョウタイラン）の娘に恥じない強さを発揮してくれる。

けれど、駄目なのだ。

あの二人が【黒狼】一人に喰（く）いとめられてしまえば、敵陣突破は叶（かな）わない。

今の張家軍にあの二人を超える武勇の持ち主はいないからだ。

どうしたら、どうすれば。内心で自問自答を繰り返す。

とるべき策はまだある。隻影（セキエイ）も了承済みだ。


でも、誰に託せばいい？


この策を隻影（セキエイ）や白玲（ハクレイ）と練った時に『黒槍騎』の存在は想定していない。並の者じゃ、発見されてお仕舞いだ。

……一番可能性があるのは私だろう。幾度も死戦場を経験してきた。

けど、今の私は隻影から軍配を預かった身。

本営を離れれば、辛うじて持ち堪えている中央が突破されてしまうかもしれない。

「瑠璃さん」

突如、薄茶髪の皇妹が立ち上がり、私の名を呼んだ。

こんな時だというのに、その瞳はとても力強い。

「……美雨？」

「例の策で迷われているんですよね？　私にやらせてくださいっ！」

右手を胸の前で固く握りしめ、少女は思いがけないことを口にした。

私は右目を見開き、前髪を掻き上げる。

「……正気？　幾ら戦場を大きく迂回するとはいっても、相手には『黒槍騎』がいるのよ？　気づかれたら」

「分かっています」

最後まで言わせず、少女は美しく微笑んだ。

「でも——それが私、『光美雨』に出来る、最大の『覚悟』の示し方だと思うんです」

「っ！」

私は息を呑（の）む。

目の前にいる子は、本当にあの世間知らずの皇妹なの？

もしかしたら、将来良い皇帝になるかもしれない。本人は別の道を望みそうだけど。

この子の戦場同行を『いいぞ』と認めたのは隻影（セキエイ）だったけれど……ここまでの成長を見込んでいたのかしら？

額に手をやり、溜（た）め息を吐（つ）く。

「……はぁ。仕方ないわね。空燕（クウエン）、ご老人方」

「はいっ！」『**応っ！**』

布に包まれていた、明鈴（メイリン）曰（いわ）く『**こんなこともあろうかとっ！**』な贈り物――とある人物の偽軍旗を早くも背負った少年と、張家軍の老兵達はすぐさま反応してくれた。

普段、隻影（セキエイ）がするように軽い口調で願う。

「幾らなんでも、ひ弱なこの子だけじゃ無理だわ――案内と護衛を頼める？」

「お任せください！　この身に代えてでもっ！」『**我等が楯（たて）となりもうすっ！**』

「ダメよ」

断固たる口調での拒絶。

キョトンとした美雨達へ、軽く左手を振る。

「死んだら私が隻影に怒られるわ。怒ると物凄く怖いんだから。全員生きて戻って」

悲鳴が戦場を支配し、中央の一部隊列が崩れた。

すぐさま子豪と孝然が部隊を率いて穴を埋め、敵兵を蹴散らす。

……そう長くは持たないだろう。

息を吸い、無理矢理笑う、隻影の真似をして。

「貴女の勇気を信じるわ、光美雨。戦局を回天させて！」

「はいっ！　――全てを変える『覚悟』は出来ています」

光美雨は、すぐさま私へ敬礼をし、空燕と老兵達と共に本営を出て行った。

馬を使うとはいえ、戦場を大きく迂回して間に合うかどうか。

左翼で幼馴染の銀髪少女と共に激闘を続ける、黒髪の少年へ愚痴を零す。

「まったく。すーぐ、悪い影響を与えるんだから……」

口から漏れ出た言葉は、私が想定するよりもずっと甘さを含んでいた。

＊

「むんっ！」

体重移動だけで巨馬を見事に駆るギセンの大剣が、俺の首を斬り飛ばすべく、暴風を纏って襲い掛かる。

「くっ！」

辛うじて【黒星（こくせい）】で受け流すも無数の火花が散り、目が眩（くら）む。

愛馬が俺の苦境を察し、距離を取った。

ギセンは、逃がさじ、とばかりに突っ込んで来るが、

「隻影（セキエイ）！」

白玲（ハクレイ）が残り少ない矢を使い援護射撃。

全て急所と、防ぎ難（にく）い部位を狙っている。

「**小賢（こざか）しいっ！！！！！**」

敵将は裂帛（れっぱく）の気合を放ち、大剣でその全てを防ぎきるも、俺は離脱に成功した。

周囲では朝霞(アサカ)に指揮を委任した友軍と、黒装の敵騎兵とが激戦を展開している。戦況はほぼ五分、といったところか。俺は息を吐き呻(うめ)く。

「……化け物が過ぎる」

白玲(ハクレイ)と二人がかり。抑え込むだけで体力、気力が削られていく。

空の矢筒と弓を捨て、白玲(ハクレイ)が腰の【白星(はくせい)】を抜いた。

その蒼眼(そうがん)に戦意の陰りは一切ない。

「でも――私達も成長しています。父上が生きておいでだった時ならば、圧倒されて時間稼ぎしか出来なかったでしょう」

親父殿(おやじどの)の死が白玲(ハクレイ)の成長を促した。……余り認めたくはない。

俺はわざと優しく真面目な銀髪少女を茶化す。

「そりゃ、師匠がいいからな。うんうん。張白玲(チョウハクレイ)はもっと俺を敬った方がいい。昔の本にもそう書かれている」

白馬を操り、白玲(ハクレイ)が俺へジト目。戦場だというのに頰を膨らます。

「誰が誰の師匠なんですか？　認識に大きな違いがあるようですね。……あんまり私とは訓練してくれなかったくせに。瑠璃(ルリ)さんやオトさん、美雨(ミウ)さんには教えてたくせにっ！」

「い、言いがかりも甚だしい」

いかん、藪蛇だった。なお言わずもがなだが——白玲とも訓練はしている。『怪我していない時は良いですけど、それ以外は毎日』が抜けているだけだ。

「——クックックッ」

前方のギセンが強面の顔を歪めた。

鷹のように鋭い眼は好奇の色を湛え、大剣を薙ぐ。

「面白い、面白いぞ、張泰嵐の子等よ。死戦場でその態度。やはり、虎の子は虎なのだな。後数年の時があれば私はその分老い、お前達は全盛——」

黒髪の敵将は目を細め、遠くを見つめた。

まるで、自分の歩んできた道を思い出すかのように目を瞑る。

「真っ向勝負でも敗北したやもしれぬ。……**だがっ**」

【三将】亡き世において、天下最強である狼は片手で軽々と大剣を横に突き出した。

凄みのある宣告。

「**今は負けぬっ！！！！！**」

流石は玄の誇る【黒狼】。

並の奴だったら、この咆哮だけで身体が竦んで動けなくなってたかもしれん。

俺は【黒星】を斜め前へ突き出し、少女へ確認する。

「だ、そうだが？　どうするよ？？」

「決まっています」

——カチン。

白玲の突き出した【白星】が【黒星】に重ねられた。

張泰嵐の娘として、凛と咆哮を返す。

「数年後じゃなく——今日この場所でっ！　父上が心から愛された『敬陽』の地で、隻影と二人で貴方に勝ちますっ‼」

まったく、こいつは……。ほんとに敵わない。

愛剣を引き、白玲が不敵に微笑む。

「構いませんよね？　隻影？」

「——仰せのままに、我が姫」

恭しく頭を下げる真似事をし、俺は黒剣を握り直す。

片目を瞑り、ギセンへ告げる。

「と、いうわけだ。悪いが勝たせてもらうぞ？　【黒狼】！」

「やれるものならば」

黒髪の敵将が唇を歪めた。笑ったようだ。

三度刃を直接交えたからこそ分かる。この男は骨の髄まで武人だ。

……瑠璃の敵、か。

戦場の喧騒がいよいよ激しくなる中、俺はギセンへ抱いていた疑念を口に出す。

「ああ——決着をつける前に一つだけ教えてくれ」

ギセンの眉がピクリ、と動いた。

白玲に目配せし、愛馬を歩かせていく。

「『狐尾』という地名に聞き覚えはないか？　かつて、『西冬』の地にあった仙境だ」

「……何故問う」

知らない、とは言わないか。

白玲と並び、ギセンと対面で向き合う。

「うちの軍師は仙娘でな。そこの生き残りなんだ。あんたによって故郷を焼かれ、一族を皆殺しにされた、と聞いた。真実なのか？」

血の臭(にお)いのする風が俺達の間に吹き荒れた。

ギセンはゆっくりと大剣の切っ先を下ろしていく。その瞳は悲し気だ。

「………言えぬ」

「どうしてもか？」

「…………」

「そうか」

つまり、ギセンは何かしらの事情を秘密にしている。

後知っているとしたら、西冬(セイトウ)を陰から操る【御方(おんかた)】か。

息を吐いて、深く吸い、白玲(ハクレイ)と頷(うなず)き合う。

「勝負の前に悪かったな。じゃあ——やろうかっ！」

「**来るがいいっ！　【双星の天剣(てんけん)】振るいし、虎の子等よっ‼**」

敵将と叫び合い、互いに馬を一気に駆けさせる。

見る見る内に距離が詰まり、俺と白玲(ハクレイ)は左右に分かれ、同時に攻撃を仕掛けた。

——擦れ違いざまの応酬で激しい閃光(せんこう)。

躱(かわ)し損ねた斬撃で、前髪が切断される。

一撃目では互いに無傷！

「まだ私はいけます、隻影っ！」「応っ！」

すぐさま馬首を返し、再びの接近戦を挑む。

俺の放った斬撃を大剣で受け止め、ギセンが雄叫びをあげた。

「ぬぉぉぉぉぉぉぉ！！！！」

「きゃっ！」

返す刃で、白玲の【白星】を力任せに弾く。

続く追撃が、全てを両断する勢いで銀髪の少女を狙う。

「させねぇよっ！」

俺は咄嗟に懐から出した数本の短剣でギセンの首を狙い、攻撃を妨害。

忌々しそうに手甲でそれらを弾いた敵将は、巨馬を走らせ離脱した。

痺れたのか、右手を幾度も握り直している白玲へ確認する。

「大丈夫か？」

「問題ありません。弾かれただけです」

安堵して短剣を抜き、捨てているギセンと三度対峙する。

分かっちゃいたが……。

「左右同時連携でも崩せねぇのかよ」

「複数同時の戦いなぞ、飽きる程してきた」

大剣を肩に載せたギセンが不器用に笑う。

鋭い犬歯を見せるその姿――正しく【黒狼】！


困った……強い。恐ろしく強い。とんでもなく強い。

俺達も強くなっているが、この男もまた凄みを増している。

無傷で勝つのは不可能だな。

かといって、白玲(ハクレイ)を死なすのは論外だ。覚悟を決めるしか。

「……隻影(セキエイ)？」

「終わりか？　ならば――次は私からっ！」

銀髪の少女は怪訝(けげん)そうに俺の名を呼び、ギセンが大剣を高く掲げ、
突然――戦場後方から大きな動揺と歓呼の漣(さざなみ)が駆け抜けた。

「「――！」」

俺達もその衝撃に当てられ、南方の丘へ目を向ける。

あそこは……瑠璃（ルリ）と一緒に決めた策の実行場所だ。

緒戦で大被害を受けながらも勇猛果敢に戦い、中央部を押し込みつつあった西冬（セイトウ）兵が一部で崩れ始め、武具や鎧兜（よろいかぶと）を捨て、我先に逃げ出し始めた。

陣地内から、友軍兵士達が一斉に大唱和する。


『南の丘を見るがいいっ！　皇妹殿下が増援を連れて来られたぞっ‼』


皇妹——美雨（ミウ）かっ！

目を凝らすと突如、南方の丘が輝いた。

高く掲げられた少女の右手が眩（まばゆ）い光を放っている。

あれは……もしかして【玉璽（ぎょくじ）】か⁉

次いで、突風が吹き荒れ、少女が左手で支える巨大な金色の軍旗がはためいた。

描かれている文字は——【光（コウ）】。

栄皇帝が戦場で掲げ、皇帝自身と特別な皇族にしか許されぬという伝説の軍旗。

当然だが……本物ではない。明鈴と伯母上が製作し送り付けてきた偽軍旗だ。

瑠璃は土壇場で逆転の一手を打ってくれた。

空燕と老兵達が戦場の流れを見極め後方へ回り込んだんだろうが……よく、美雨がついていくことも許可したな。

けたたましい銅鑼が響き、悲鳴じみた角笛が吹き鳴らされる。

ギセンが呻く。

「馬鹿な。撤退、だと……？」

初めて、天下最強の怪物が油断を曝した。

——好機だっ！

「白玲っ！」「隻影、遅れないでくださいねっ！」

俺は顔を見ないまま、愛馬を駆けさせた。ぴったりと少女も追随、並走してくる。

すぐさま、ギセンも気づき憤怒。

「虚を衝いたつもりか！」

漆黒の大剣を構え、迎撃態勢を整えた。

左右同時攻撃は通じなかった。ならば。

隣の少女へ一瞬だけ目配せ。蒼眼に理解の色が浮かんだ。

俺と白玲は並んで馬を走らせ、

「芸のないっ。その攻撃は先程と同じ——ぬっ⁉」

すぐさま、白馬が俺の後方へと回りこみ、姿を隠した。

ギセンが僅かに驚いた隙を突き、全力で【黒星】を薙いだ。

「**せいっ！**」「**くっ！**」

しかし、敵将もさる者。

超反応を見せ、俺の全身全霊の一撃を受け止めてみせた。

火花が舞い散り、互いの剣が悲鳴を上げる。

その脇から、銀髪を靡かせる少女が飛び込んできた。

「**白玲、今だっ！**」「**やぁぁぁぁぁぁっ！！！！！！**」

純白の剣身を持つ【白星】が大剣に振り下ろされる。

「ッ⁉」

ギセンは咄嗟に剣を返す。

心地好さすら感じさせる音を奏で、刃と刃がぶつかり合い、距離を取った。

巨馬を走らせ、途中で停まった黒髪の将は愛剣を見つめ憮然。

その先端は欠けていた。

その間も戦場の様相は急速に変化し、精鋭無比を持ってなる『黒槍騎』の間にすら、狼狽が広がっていく。

柄を軋む程に握りしめ、ギセンが言葉を振り絞る。

「恐るべし……【双星の天剣使い】よ。仙境で鍛えし、我が愛剣をよもや欠こうとは。しかし、まだ負けたわけではないっ」

「……白玲」「大丈夫です」

全身の力を振り絞り、疲労困憊の俺と白玲は互いを励まし合う。

今日っ！　ここで【黒狼】を討つ‼

針に刺されたような緊張を感じながら、敵将と対峙。

最後の突撃を敢行せんとした時——十数騎の『黒槍騎』を引き連れ、緩やかな礼服姿の優男が間に入って来た。淡い茶髪は汗で濡れている。

「ギセン殿っ！」

「……ハショ殿？」

黒髪の敵将が驚き、名前を発した。

──こいつが『千算』かっ！

「白玲御嬢様！　隻影様！」

俺達側にも、軽鎧を返り血で染めた朝霞と十数騎が集まってくる。

そんなこちらの様子を気にもせず、糸目の敵軍師がギセンへ低い声で告げた。

「例の『皇妹』に後背を突かれました。あの軍旗は皇族しか許されません。……噂は本当だったのです。断腸の思いですが撤退します。責は全て私が」

「…………」

依然として余力を残す【黒狼】は、美雨に支えられ後方の丘ではためく【光】の軍旗と、【玉璽】の放つ光に目を細め、歯を食い縛った。

「…………了解した」

ギセンは短く応じ、馬首を返した。

俺達も追撃はしない。これ以上の戦闘は体力、気力的に限界だ。

巨馬が足を停め、前脚を高くあげた。

欠けた大剣を天に掲げ、【黒狼】が堂々と宣告する。

「張隻影！　張白玲！　次の戦場でこそ決着をつけんっ‼　それまで――壮健であれっ。誰にもその皺無き首を取らるるなっ！！！！！」


　戦場全体が震え、士気の衰えかけていた『黒槍騎』の目に戦意が戻っていく。

　たった一人でこれかよっ。化け物だな、本当に。

　そして――玄軍最強の男は俺達の前から去っていった。

「皆、隻影様と白玲御嬢様の下へっ！」

　朝霞の指揮を受け、味方が俺達の周りを囲み始める。

　今回もどうにかなった、な。

「…………ふう。あ、あれ？」「！　隻影っ⁉」

　ほっとした途端、手から【黒剣】が滑り落ち、地面に突き刺さった。

　落馬しそうになったところを、泣きそうな白玲に抱き留められる。

「大丈夫だ。少し気が抜けた。例の策が嵌ったみたいだな。旗を掲げたのは美雨か？」

　麒麟児たる王明鈴と、底知れない伯母上が『**こんなこともあろうかとっ！**』の走り書きと共に敬陽へ届けさせた切り札――栄皇帝の偽軍旗は絶大な効果を発揮したようだ。

　ま、皇妹が掲げたんなら、あながち偽物でもなくなったかもしれん。

白玲が俺を抱きしめ、頷く。

「そうみたいですね。本営で何があったんでしょう？」

「さあな。瑠璃が眉間に皺を寄せているのは間違いない。こんな感じでな」

「――全然似てないです」

酸っぱい梅を食べたようなしかめっ面をすると、銀髪の少女はクスリ、と笑った。

敵軍の敗走が決定的になったのだろう。

戦場各所で勝鬨が上がっていく。

『張隻影様っ！　張白玲様っ！　万歳っ！　万々歳っ！！！！！』

後でこういう時の文言も決めておかないとな。

兵達の賞賛が広がっていく中、俺は少女の誰よりも綺麗な顔を間近でぼんやりと眺めながら、そんな場違いなことを考えるのだった。

「へぇ〜。じゃあ美雨達を先導したのは、空燕だったのか」

「はいっ！　何とか、皆さんを無事に南の丘へ連れていくことが出来ました」

淡い青色で動きやすい服を着た異国の少年兵は頬を上気させ、俺に戦場最終盤の詳細を教えてくれた。よくまぁ、あんな激戦場を抜けて後方へ回り込めたもんだ。

――一昨日の会戦に俺達は辛うじて勝利を収めた。

ただ、敵軍師『千算』のハショと【黒狼】のギセン、他にも名のある将を討つことは叶わず。敵兵力へも大きな打撃は与えられなかったようだ。

各方面の情勢も、情報が錯綜していてどれが本当なのかまるで分からない。

臨京方面では、大水塞の戦いが始まったとか、もう陥落したとか、栄皇帝が禁軍元帥、黄北雀によって軟禁されたとか、徐飛鷹が徐家軍を率いて都を強襲したとか……。

比較的距離が近い西域方面の戦況すら不明なのだが、今までなら一番やきもきしていた美雨が泰然としているので妙に冷静になれている。追々分かってくるだろう。

　俺達は自分達に出来ること――敬陽の守りを固めながら、湖洲全体を安定化させ、軍の再編もこなす他はない。兵を鍛えなければ、【玄】の精鋭と戦うのは不可能なのだ。今日も白玲や瑠璃は、庭破や子豪、義勇兵を率い武功を挙げた段孝然と視察へ行っている。

　とにかく人材不足の極みで、俺を含めほぼ全員が戦後処理に忙殺され、今日まで空燕と話す時間も取れなかったくらいなのだ。……すぐにでも話を聞いてやりたかったんだが。

　俺は罪悪感に苛まれ、執務室の椅子に【黒星】を立てかけると、黒茶髪な空燕の頭を極々自然にわしゃわしゃと撫でまわした。

「せ、隻影様、あの、えっと……」

「混沌とした戦場で、誰一人死なせず敵陣後方へ抜ける――大したもんだ。お陰で俺も生き残れた。借りが出来たな」

「い、いえっ！　そ、そんな……僕はただ馬を走らせただけなので…………」

　大陸南端からこの地まで単独で移動してきたことといい、今回の偉業といい……空燕にはその手の才があるのかもしれない。

　手を離し、椅子に腰かけると黒猫のユイが何処からともなく現れ、机上に飛び乗った。

「褒美は何がいい？　あ！　『姉の下へ帰りたいんです』ってのはなしだぞ？　今の情勢

でもう一度、お前に大陸縦断させる危険を冒させるわけにはいかない。都どころか『鷹閣』の情報すらも入ってないからな」

空燕の双子の姉である春燕は南域にいる明鈴と一緒の筈だ。心配しているだろうし、早めに連絡が取れると良いんだが。

すると、少年兵は穏やかに頭を振った。

「春燕は静さんに懐いているので。えっと……隻影様、本当によろしいんですか？」

【黒星】と『絶影』、あとユイはやれん。白玲と瑠璃もやれん」

「も、もらいません、もらいません」

空燕があたふたと両手を振った。

背筋を伸ばし、大人びた顔で俺と目を合わせる。

「では――」

窓の外から暖かい日差しが差し込む。ユイが眠たそうに欠伸をし、丸くなった。ついこの間まで西域にいたのが信じられない。

異国の少年が意を決し、口を開く。

「僕を隻影様付の従者にしていただけませんか？」

「……うん？」

思いもかけない言葉に俺は目を瞬かせ、まじまじと異国の少年を見やった。

表情は真剣そのもの。冗談じゃない、と。

机に肘をつき、年上として呆れ混じりに諭す。

「空燕、もう少し我が儘でもいいんだぞ？　白玲や瑠璃を見てみろ！　最近のあいつ等ときたら、俺になら好き勝手何を言っても良いと思っていやがる。……明鈴も似たようなもんなんだが。いや、借りを積み上げてくる分だけあいつの方が怖いような？」

脳裏に栗茶髪を二つ結びにした年上少女の蠱惑的な笑みが浮かんだ。

『ふっふっふ～♪　せ・き・え・いさまぁ？　貸しですよぉ？』

……早めに返さねば。

だが、皇帝の偽軍旗は大き過ぎる。何だよ『**こんなこともあろうかとっ！**』って。伯母上に借りを作るのもまずいんだよなぁ。

空燕が元気よく声を張り上げる。

「どうかお願いしますっ！」

常日頃、面倒事に巻き込まれがちな俺の従者になりたがるなんて変わった奴だ。戦場経験も積んでいるとはいえ、足抜けさせたつもりだったんだが……。

ふと目を泳がすと「！　!?」視界の外れを廊下の柱に慌てて隠れる薄茶髪の少女が掠め

た。礼服ではなく、西域の民族衣装。気に入ったらしい。

両手を軽く掲げ、要求を受け入れる。

「分かった、分かった。ただ、俺より先に死ぬな。そいつが条件だ」

「はいっ！　ありがとうございますっ‼　——やったぁ」

空燕(クウエン)は嬉(うれ)しそうに両手を合わせ、その場で幾度か飛び跳ねた。

犬の獣耳と尻尾の幻が見える、見えるぞぉぉ。

俺は机の引き出しを開け、ずっしりと重い小袋を取り出し放り投げる。

「良ーしっ、空燕(クウエン)。従者初仕事だ。ほれ」

「わっ！　せ、隻影(セキエイ)様……こ、これは？」

少年が大きな瞳をパチクリ。

わざと威厳が出るよう、重々しく命じる。

「最初の仕事だ。市場で小袋の銅貨を全部使い果たして来い。かけあーし！」

「！　い、行って来ますっ‼」

仕事、と聞いた途端、空燕(クウエン)は目を輝かせ敬礼。

小袋を抱え、部屋を飛び出して行った。

……クックックッ。これで良し……。

銅貨の中程には、数枚だが銀貨の交換紙幣も潜ませてある。

果たして、純真な空燕は使い果たすことが出来るのかっ！

ま、一番底には『困ったら朝霞へ相談すべし』と書いた紙片を入れておいたし、問題はないだろう。白玲経由で遠回しに怒られるかもしれんが。

「戻りました」「戻ったわよ～」

俺が深い満足感を覚えていると、白玲と瑠璃が戻って来た。

瑠璃は何時も通りの恰好だが、白玲は純白基調の剣士服だ。『敬陽』に帰って来たんだと実感する。

「隻影、空燕に何をしたんですか？　尻尾をぶんぶん振ってる子犬みたいに、飛び出して行きましたけど」

蒼の双眸に疑念を宿し、銀髪少女は長椅子に座った。

のっけから疑われるだと⁉

「馬鹿ね、白玲。張隻影のすることよ？　どーせ空燕の望み通り、従者にした挙句、『褒美用に準備しておいた使い切れない額の入っている自分の財布』を手渡して、市場にでも行かせたに違いないわ。鬼ね」

わざわざ執務机に座った瑠璃の、青のリボンで結んだ金髪が揺れる。

白玲（ハクレイ）が腕を組んで全面的に首肯し、悲し気な演技。

「鬼ですね。血も涙もありません。……張（チョウ）家の人間として、教育責任を痛感します」

「……お前等様……？」

帰って来るなりこうである。空燕（クウエン）の素直さが早くも恋しい。オトでもいい。

ジト目の俺に何故（なぜ）か自分の青帽子を被（かぶ）せて、瑠璃（ルリ）がぽん。

「図星？　程々にしときなさいよ？　あの子なら大丈夫だろうけど。ああ、兵達には幾許（いくばく）かの酒や菓子を手配しておいたわ。美雨（ミウ）を護衛した老兵達には甕（かめ）ごとね」

「大々的な褒賞（ほうしょう）は明日です」

「助かる」

仕事の出来る軍師と俺の頭の帽子をぽんぽん、と叩（たた）く幼馴染（おさななじみ）の少女へ礼を言う。

すると、瑠璃（ルリ）がまた、ぽんぽん。続いて白玲（ハクレイ）が、ぽんぽんぽん。

……いや、叩き過ぎじゃ？　二人して数を競ってないか？？

そのままなされるがままにされながら、俺は右手の人差し指を立てた。

「ま、まぁ……そういう七面倒な話は今後全部、我等が皇妹殿下にお任せだ。なお、今入って来ないと強制的にそうするぞ～」

「～～～っ!?」

柱の陰に隠れていた、薄茶髪の少女が飛び込む勢いで部屋へ入って来た。

一昨日の戦場で決定的な役割を果たしてみせ、今やその名声が北辺に木霊(こだま)する光美雨(コウミウ)は、首にかけた『鍵』の前で両手の指を突き合わせた。

「え、えっと……あんまりお仕事を振られてもですね、芽衣(メイ)もいないですし………」

続々と参集しつつある連中には見せられない姿だ。

俺は青帽子を取り、薄茶髪の少女の頭へふわりと投げた。狙い違(たが)わず収まる。

次いで肘をつき、美雨(ミウ)へ指摘。

「お前が『敬陽(ケイヨウ)』にいるのはもうバレた。あんだけ派手に登場すれば当然だが。表向きは『忠誠無比な張家軍(ちょうかぐん)が過去の恩讐(おんしゅう)を捨て、皇妹殿下を守護している』って構図だ」

「各地から使いが引っ切り無しです」「みんな、勝ち馬に乗りたいのよ」

「ううう……」

美雨(ミウ)はたじろぎ、足元へ寄ってきた黒猫のユイを抱き上げた。

そのまま力なく、長椅子にへたり込む。脅すのはこんなもんか。

心底の礼を口にする。

「改めて――『皇帝の偽軍旗』は助かった。感謝している」

「有難(ありがと)うございました」「一昨日の勝利、最後の一押しはあんたの勇気よ」

「！　い、いえ。私は旗を支えてただ立っていただけなので……」

ユイを膝に乗せ、薄茶髪の少女は年相応にあたふた。

俺達は穏やかな気持ちを覚え、目配せをし合う。

皇帝には恨みがある。親父殿の件を忘れることなぞ出来ない。

ただ同時に……目の前で赤面する少女は、艱難辛苦を共に乗り越えた戦友でもある。

戦友を裏切るのは、親父殿の教えに背く。

……問題は、美雨の望む臨京救援は間に合わない可能性が高いことだが。

「で、でもです！　隻影さん。何か忘れていませんか？」

立ち直った薄茶髪の少女が俺へ矛先を逸らす。

俺は棚へ向かい茶壷を取り出した。

「ん～？　白玲、火鉢の薬缶を取ってくれ」

「濃い目に淹れてください」

「へーへー」

二人してお茶の準備をしながら「わ！　わわ‼」瑠璃の青帽子をユイに弄られている皇妹殿下を茶化す。

「どうしたー？　もしかして『今後は玉璽の入った小箱の開け閉めも私が管理します。

また、殿下とつけるように。不敬です』とかか？」

「白紙の檄文に後千枚程度、捺してくれた後なら良いわよ。敬語も大所帯になったら対応してあげるわ」

「二人共違います。きっと『煌びやかな玉座が欲しい』だと思います」

「ち、違いますっ！　違いますっ！　も、もうっ‼　瑠璃さんも白玲さんも意地悪です……。隻影さんはしょうがないですけど」

「おい、皇妹殿下？」

さりげなく失礼なことを言われた気がするんだが？

釈然としないまま急須へ茶葉を多めに。すぐ白玲が薬缶からお湯を注ぎ入れる。良い香りだ。落ち着く。

薄茶髪を指に巻き付け、美雨が続けた。

「……さっき、空燕さんには……その、ご、ご褒美を出されていたのに！　わ、私には何もないのは、ふ、不公平だと思うんですが……」

「――へっ？」「……へぇ」「……ふ～ん」

執務室内の空気が一変する。褒美って何だ⁇

白玲の蒼眼に氷刃の如き冷たさが。瑠璃の翠眼には稚気混じりの不満が表れる。

優雅な動作で、朝霞が見つけてきた珍しい青磁の杯を盆の上に並べながら、白玲が問う。

「美雨さん確認です。空燕へのご褒美は――報奨金と『隻影の従者になる』の他にもあった、という意味で間違っていませんか？」

まずい。何となくだが大変にまずい気がする。

平静を装って杯へ茶を注ぎ、俺は否定を試み、

「いや。何もない――」「張隻影、黙りなさい。あんたには発言権がないわ」

「ググ……」

おっかない金髪軍師によって阻まれてしまった。

不満の表明なのか、瑠璃の周囲で黒花が生まれては消え、生まれては消えを繰り返す。

美雨が小さな両手を握りしめ、俺を告発？する。胸の小袋を握りしめなくなったのは成長した、と言えるのかどうか。

「私……廊下の柱の陰から見ていましたっ！隻影さんは……隻影さんは、空燕さんの頭を優しく撫でていましたっ！！！！！」

「「へぇぇ～～～」」

白玲と瑠璃が同時に反応し、俺へゆっくりと視線を向けて来た。

二人して両手を合わせ、微笑みながら小首を傾げるのが大変に怖い。

下手すると【黒狼】よりも怖い。

「ま、待て待て。お、弟分として可愛がってきた奴の髪を、ぐしゃぐしゃにしただけだってのっ！　おかしな話じゃないだろうが⁉」

「おかしくはありません」「そうね」「微笑ましいな、って思いました」

「なら、そんな風に――」

ずいっと、白玲と瑠璃が距離を詰めて来た。

上目遣いにねめつけられる。


「でも……納得するかは別の話です」「……な〜んか、不愉快なのよね〜」


理不尽が過ぎる。かと言って、口で勝てるわけもなし。

俺は救援を求めるべく、元凶の少女へ目配せした。どうにかしてくれ！

すると、今や『救国の象徴』となった皇妹殿下は、深刻そうに胸の小袋へ触れた。

「頑張ったと思うのに、ご褒美をいただけない私はまだ信頼が足りないんでしょうか……。はっ！　質草として『鍵』を差し出せば、もしかして？」

「止めろ、光美雨っ！　早まるなっ‼」

悲鳴をあげて押し留（とど）める。【玉璽】なんて、俺が持った所で意味もない。
明鈴（メイリン）と知り合い、白玲（ハクレイ）や瑠璃（ルリ）と話し過ぎたせいか、良くも悪くも純粋無垢（じゅんすいむく）だった少女の精神は変な方向に成長しているらしい。

杯を机に並べて、宣告する。

「お前ら全員、そこの長椅子に座れっ！　こういう時、一番厄介な明鈴（メイリン）がいないってのに俺を疲れさせやがって……。今日という今日は許さん。お茶を飲みながら説教をする！　これは決定事項だ。分かったなっ‼」

「仕方ないですね」「付き合ってあげるわよ」「お説教、楽しみです」

少女達は仲良くお茶を飲み始めた。

――……あれ？　思っていた反応と違うんだが？？

唖然（あぜん）とする俺を慰めるように、黒猫が鳴いた。

＊

「じゃあ、瑠璃（ルリ）さん。私は朝霞（アサカ）に夜食を貰（もら）いに行って来ますね」

「うん～。いってらっしゃい～白玲（ハクレイ）」

自室の入り口から寝台上の親友へ声をかけると、気だるげな反応が返ってきた。少し前までは、慣れてない猫みたいだったのに人は変わるもの。純粋に嬉（うれ）しい。

屋敷（やしき）の外からは楽しそうな歌や楽器の音。人々の歓声が聴こえてくる。一昨日の戦勝を今晩もまた祝しているのだろう。

隻影（セキエイ）も空燕（クウエン）を連れて、兵達の酒宴に顔を出す為（ため）、外出してしまった。

……私もついていけば良かったかも。悪い虫がつく可能性も無きにしも非（あら）ず。

帰って来たら聞き出さないと。

薄桃色の寝間着の袖を眺めつつ、そんなことを思っていると、瑠璃（ルリ）さんが上半身を起こし、追加要望を出してきた。

「あ、そーだ。白玲（ハクレイ）。途中で美雨（ミウ）がいたら拾って来て～。きっと温泉帰りで迷子になってるわ～。この屋敷内だったら安全だけど、一応ね～」

「了解です。では」

私は挨拶をかわし、部屋を出る。

月と満天の星が夜空を彩（いろど）っているのを眺めつつ、廊下を進んで行く。

この屋敷にも、玄軍はやって来たと聞いたものの……父への敬意か、損壊は全くなく、それどころか徹底的に清掃された跡すらあった。

仇敵ではあるものの、【白鬼】アダイ・ダダは英傑なのだ。

――敬陽で一番安全な場所は何処か？

それは間違いなく、張家の屋敷だ。

朝霞を始め、邸内の構造に熟知した者達が常に警戒しているし、今までに敵方の侵入を許したこともない。美雨さんが一人で入浴しに行けるくらいだ。

しかも、今晩は隻影の鶴の一声で腕利きの者達も詰めている。

彼曰く――『だって、俺がいないだろ？』

「隻影にも困ったものですね」

風に靡く銀髪を手で押さえ、私は本音を零した。

気にかけてくれたのはとても嬉しい。言われた時、笑顔を堪えるのは大変だった。

けど……そういう風なことをいきなり言われるこっちの身になってほしいし、出来れば私だけに言ってほしいし、やっぱり私も連れて行ってほしかったし、空燕を構い過ぎるのはズルいし。不平不満が渦を巻く。

全部全部、隻影が悪いっ！

強引に考えを纏めていると、

「？　笛……？？」

とても美しい音が耳朶を打った。

こんな風に笛を吹ける人、うちの屋敷にいたかしら？

不思議に思い、音が聴こえてくる庭へと足を向ける。

歩いていくと、狂い咲きをしている白梅の下で、長く美しい紫髪の若い女性が笛を吹いていた。

薄い紫布を頭に被り、着ている服は白と紫基調で、妖艶さと儚さを覚える。

現実の存在とは思えない程、綺麗な方……。

笛の音が止まり、女性が私に気づいた。

「あ……ご、ごめんなさい。とても綺麗な音だったので。えっと、貴女は……」

慌てて謝り、名前を尋ね――同時に違和感。

張家に仕えてくれている者を私は殆ど知っている。

幼い頃から、父にそう教えられたし、何より隻影が全員を覚えていたから。

そんな私が知らない？　こんなに綺麗な女性を？？

「お褒めいただき嬉しいです、有難(ありがと)うございます。余りにもこの白梅が綺麗だったので、笛を吹いていたのですが……貴女様に会えるとは思いませんでした」

疲労の抜けていない身体(からだ)が動いてくれない。

心臓の鼓動をやけに大きく感じる。

女性は笛を仕舞い、紫布をほんの少し上げだ。

――【狼(おおかみ)】の眼光。

「アダイ様に不吉を齎(もたら)す銀髪蒼眼の姫――張白玲(チョウハクレイ)様？」「⁉　貴女、玄(ゲン)軍の――」

刹那、女性は間合いをまるで仙術でも使ったかのように詰め、私の鳩尾(みぞおち)に掌底を叩(たた)きこんだ。身体が中空に浮き上がる。

「……かはっ……」

衝撃を殺すことも出来ず、意識が遠ざかっていく。ま、ずい……。

女に抱きしめられ、耳元で囁(ささや)かれる。

「ギセン殿との戦いで相当疲労されていたようですね。【天剣(てんけん)】の片割れも回収していきたいのですが――」

「――……あ」

聞き知った少女の怯えた声。美雨さん……？

足元が浮かび、担がれたのが分かった。い、いやっ！

「ここまでのようです。では御機嫌よう――愚帝の妹君」

抵抗したくとも、暗闇がどんどん迫ってくる。

隻影……隻影っ。隻影っ！！！！

幼馴染で、誰よりも信じていて、誰よりも愛している少年の名前を呼ぶ。

屋敷内の喧騒が微かに聴こえてきた。美雨さんが悲鳴をあげ、皆が気づいたのだろう。

夢現の中、女が名乗りを上げた。

「私の名前はルス。偉大なる【天狼】の御子、アダイ・ダダ皇帝陛下の忠実なる下僕、【白狼】のルスです。――【今皇英】張隻影に、陛下の御言葉を伝言願います」

意識が暗闇へ完全に沈み込み、消えていく。

けれど、ルスの最後の言葉はやけにはっきりと理解出来た。

『都にて待つ』

だ、駄目。せ、隻影(セキエイ)……きちゃ…………。

彼を呼ぶ【白鬼】の嗤(わら)い声が耳に木霊(こだま)し、私の意識は漆黒の闇に飲み込まれた。

あとがき

半年ぶりの御挨拶、七野(なの)りくです。

今巻は難産でした。とにかく難産でした（※同じことを以前も書いたような……）。

どうにか出せてホッとしています。良かったぁ。

担当編集様にはもう平身低頭するしかないのですが……。


内容について。

衰亡しつつある国って外敵も強大なんですが、内憂も抱えているんですよね。

まぁ、ちゃんとした人材がいるならば相応に対抗可能な訳で……。

同時にだからこそ、滅びつつある国を支え続けた、数少ない『悲劇の名将』といった存在が史書や民間伝承で長く語られているわけです。

……亡国の決定打となってしまう人物もまた。

呆(あき)れ果てるアダイ君の目に【栄(エイ)】はもう映っておらず、隻影(セキエイ)しか見えていません。

これがいったいどういう帰結を生むのか。

次巻、御期待ください。


宣伝です！

アニメ化が決まった『公女殿下の家庭教師』最新十六巻発売中です。

こちらも応援よろしくお願い致します。


お世話になった方々へ謝辞を。

担当編集様。本当に、本当にすいませんでした。ご迷惑おかけしました。嗚呼……前巻のあとがきでも同じようなことを書いてる。

ｃｕｒａ先生、表紙の美雨、本当に素晴らしいです。この子の表紙イメージがなかったら、今巻は完成しませんでした。有難うございました。

ここまで読んで下さった全ての読者様にめいっぱいの感謝を。

また、お会い出来るのを楽しみにしています。次巻、『双英激突』。

七野りく

お便りはこちらまで

〒一〇二‐八一七七
ファンタジア文庫編集部気付
七野りく（様）宛
ｃｕｒａ（様）宛

双星の天剣使い 5

令和6年4月20日　初版発行

著者——七野りく

発行者——山下直久

発　行——株式会社KADOKAWA
〒102-8177
東京都千代田区富士見2-13-3
0570-002-301（ナビダイヤル）

印刷所——株式会社暁印刷

製本所——本間製本株式会社

ISBN978-4-04-075307-2 C0193

ティナ
四大公爵家の
ひとつ、ハワード家に
生まれた公女殿下。
なぜか誰でも扱える
程度の魔法すら使う
ことができない。

てんじょうゆうや
天上優夜
異世界で
レベルアップした結果、
最強の身体能力を
手に入れた少年
この少年
すべてが
シリーズ好評発売中！

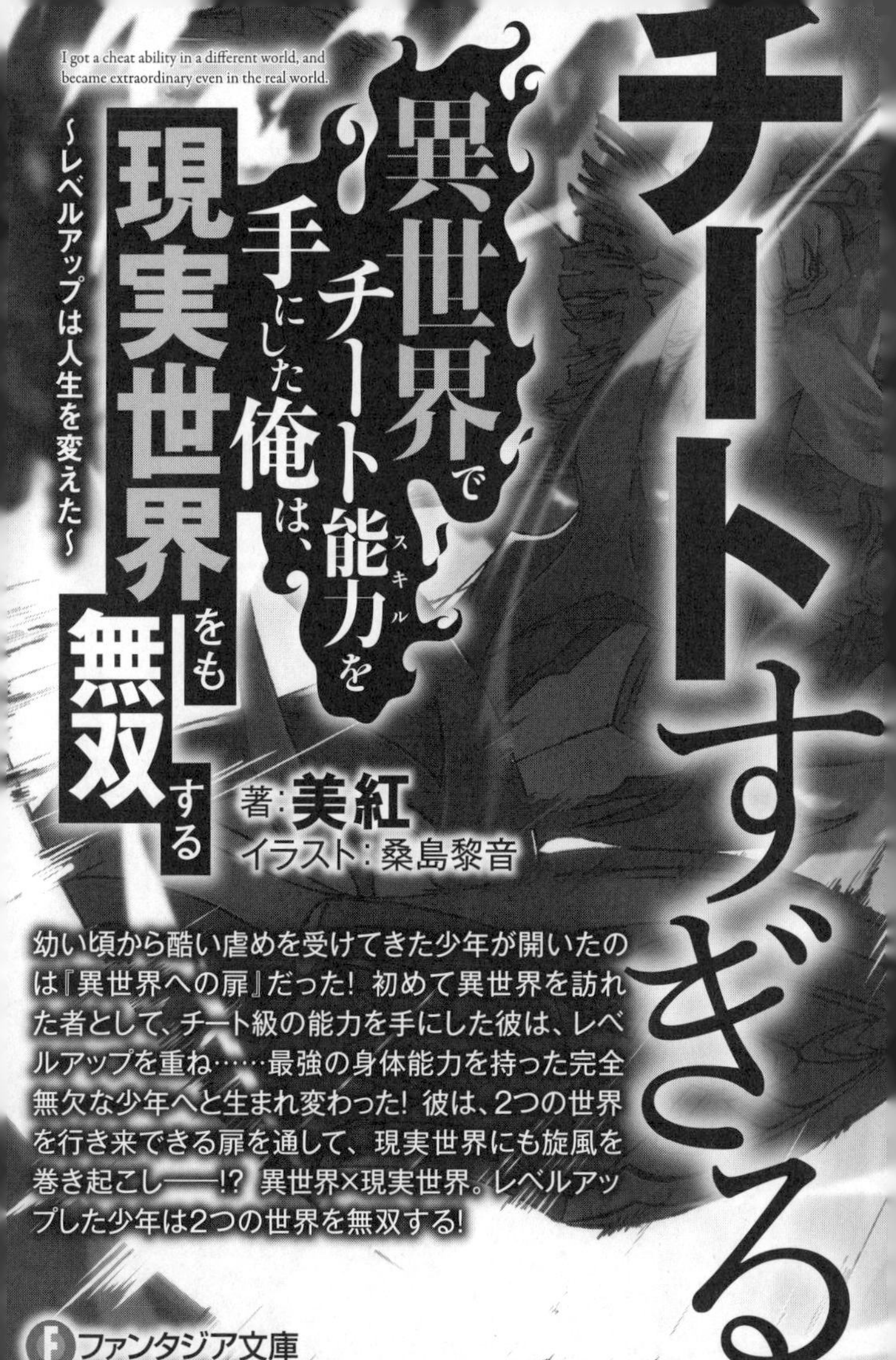
チートすぎる
I got a cheat ability in a different world, and became extraordinary even in the real world.
異世界でチート能力(スキル)を手にした俺は、現実世界をも無双する
～レベルアップは人生を変えた～
著：美紅
イラスト：桑島黎音
幼い頃から酷い虐めを受けてきた少年が開いたのは『異世界への扉』だった！ 初めて異世界を訪れた者として、チート級の能力を手にした彼は、レベルアップを重ね……最強の身体能力を持った完全無欠な少年へと生まれ変わった！ 彼は、2つの世界を行き来できる扉を通して、現実世界にも旋風を巻き起こし——!? 異世界×現実世界。レベルアップした少年は2つの世界を無双する！
ファンタジア文庫

無自覚最強
ハーレム！
シリーズ
好評発売中！
妹が女騎士学園に
入学したら
なぜか
救国の英雄になりました。
僕が。
ぼく
After my sister
enrolling in
Girl Knights' School,
I become a HERO.
author.
ラマンおいどん
ill. なたーしゃ
F ファンタジア文庫

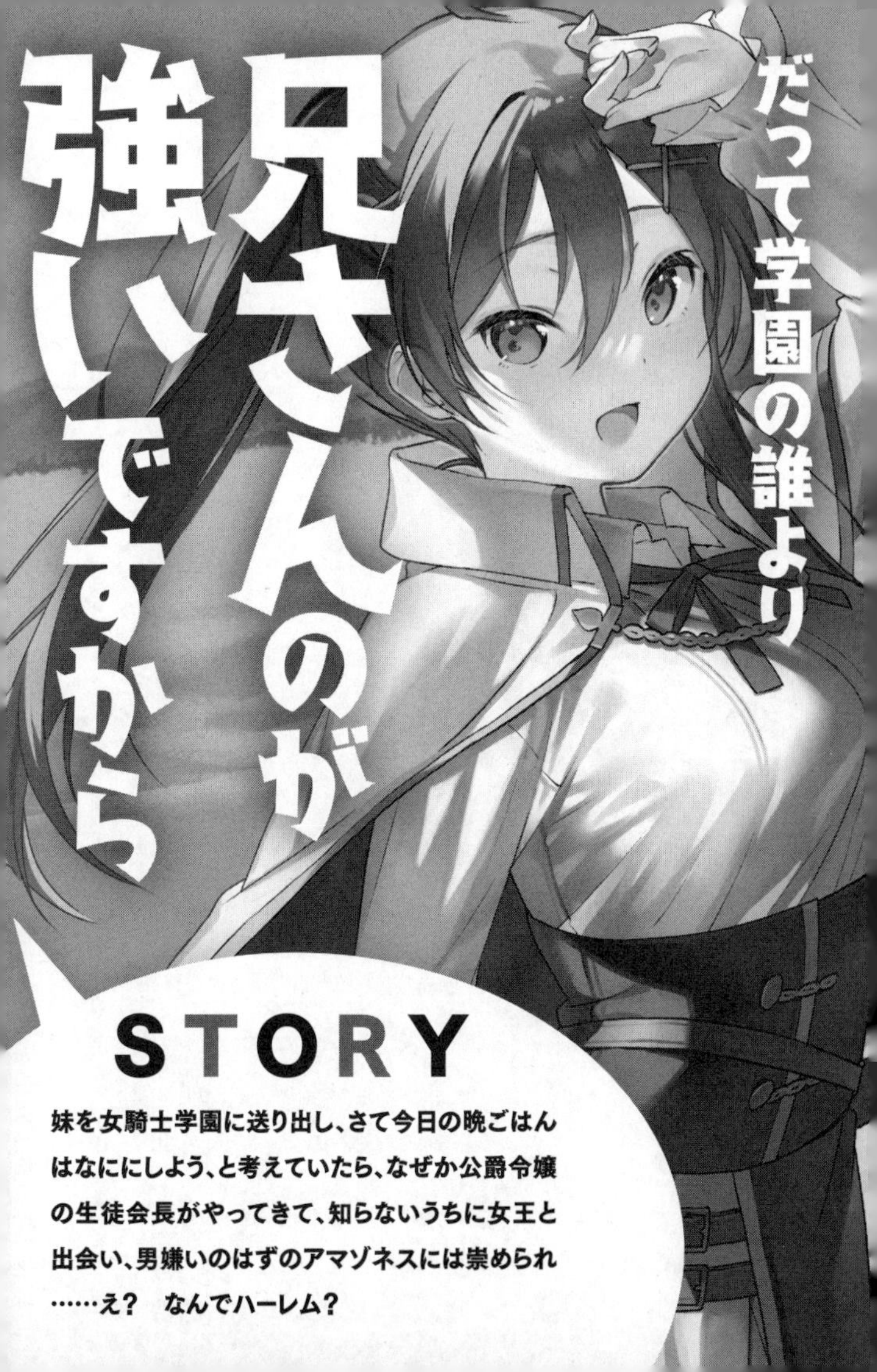
だって学園の誰より
兄さんのが
強いですから
STORY
妹を女騎士学園に送り出し、さて今日の晩ごはんはなににしよう、と考えていたら、なぜか公爵令嬢の生徒会長がやってきて、知らないうちに女王と出会い、男嫌いのはずのアマゾネスには崇められ……え？　なんでハーレム？